月からきたラブレター

早川真知子 作
風川恭子 絵

もくじ

1★へんてこな転校生

その朝、オレはいちばんに学校にいって、教卓《きょうたく》の上に、プラスチックのヘビをのせておいた。担任《たんにん》のミカリンこと斉藤美香《さいとうみか》先生は、大のヘビぎらい。で、ちょいといたずらをしかけておいたってわけだ。

べつに、ミカリンがきらいってわけじゃない。それどころか、オレは、ミカリンを気のあう友だちみたいに思ってる。

ただ、なんていうか、チョーキュートなミカリンが、青くなってにげまわるのを、見てみたくなったんだ。そういうときのミカリンって、メチャかわいい

んだもん。

「よし、そろそろくるころだな」

そう思って、ニヤリとしたときだ。

ドアがひらいて、ミカリンが教室に入ってきた。そして、いつものように、なにげなく出席《しゅっせき》ぼを教卓《きょうたく》の上においた。

とたんに、「きゃーっ」というひめいが、教室じゅうにひびきわたった。

見ると、ミカリンは、黒板にへばりついてガタガタふるえている。

オレは、ひとしきりガハハとわらってから、

「センセ、それ、オモチャだぜ。ほんもののヘビじゃないから、安心しろよ」

といって教卓のまえに歩いていくと、ひょいとヘビをつかんで、ポケットに入れた。

いつもなら、ミカリンは、

「あらやだ、やっぱり、きみのしわざだったのね」

といって、チョンとオレのおでこをゆびでつつく。それから、

「あーあ、またひっかかっちゃった。このていどのいたずらにひっかかるなんて、わたしも、まだまだ修行《しゅぎょう》がたりないわね」

といって、エへへとわらう。

それで、ジ・エンドとなるはずだった。

ところが、その朝はちがった。ミカリンは、

「原田《はらだ》くん、こんなミエミエのいたずらをして、なにがたのしいの。いたずらをするエネルギーがあったら、それを勉強にむけたらどうなの？　いまの成績《せいせき》じゃ、先生、ほんとにしんぱいよ」

あきれたように、そういうと、

「一時間めは、ろうかに立って、反省《はんせい》してなさい」

と、つめたくいいはなった。

みるみる、あざけりともあわれみともつかないしのびわらいが、教室じゅう

にひろがっていく。そんな中、オレはひどくおちこみながら、ろうかに出ていった。

チェッ。ミカリンたら、きょうはなんであんなにきびしいんだろ。ひょっとして、ボーイフレンドとけんかでもしたのかな。それにしても、成績《せいせき》のことまでいいだすなんてひどいよな。オレのいちばんの弱点なのに……。

ふうっとため息をついたときだ。

「あんた、こんなとこで、なにやってんの?」

いきなり、ろうかのむこうから、見たことのない女の子がちかづいてきた。

ツンツンにつっ立ったショートカット。グレイのトレーナーに、ブルージーンズに、黒のリュック。よくいえばボーイッシュだけど、はっきりいって男みたいなやつだ。

「なにって、立たされてんだよ。見りゃわかるだろ」

オレは、ふてくされたようにいった。

「へえ、ドジだねえ。で、立たされた理由はなんなの？」

そいつは、ぶえんりょに、オレの顔をながめまわした。

ところが、つぎのしゅんかん、その目がおどろいたように見ひらかれた。

「あ、あんたは……！」

つぶやいたきり、絶句《ぜっく》している。

「なんだよ。なにびっくりしてんだよ」

「な、なんでもない。それより、なにをしたのかおしえてよ」

そいつはあわてて首をふると、今度は、うれしそうにじっとオレを見つめはじめた。

その目つきに、オレはドキリとした。むむっ、この目、どっかで見たことがあるぞ。

でも、どこでだったか、ぜんぜん思い出せない。ま、気のせいかもな――そう思って、オレはいった。

「たいしたことないよ。ちょいとプラスチックのヘビで、センセをおどかしただけさ」

「ひえーっ、せこいいたずら！　まるで幼稚園児《ようちえんじ》なみの、レベルのひくいいたずらだね」

「な、なんだって！」

オレはむっとして、そいつの顔をにらみつけた。

でも、それ以上《いじょう》いいかえすことはできなかった。ガラリとドアがあいて、ミカリンが、そいつにむかって手まねきしたんだ。

「佐々岡《ささおか》さん、まってたのよ。さ、教室に入ってらっしゃい。みんなにしょうかいするわ」

「はーい」

そいつは、パチンとオレにウインクしてみせると、さっそうと教室に入っていった。

「へえー、あいつ、転校生だったんだ」

オレは、ちょっぴり気になって、思わず聞き耳を立てた。

「はじめましてーっ」

すぐに、そいつの元気な声がきこえてきた。

「わたし、佐々岡月子《ささおかつきこ》っていいまーす。でね、月の女神《めがみ》のこと、英語《えいご》でルナっていうんだよ。だから、みんなも、わたしのことルナってよんで」

「へえ、ルナちゃんかあ。アニメの主人公みたいで、カッコいいっ」

だれかが、ふざけてさけんだ。

「でしょう？　カッコいいでしょ」

ルナは、元気いっぱいそうさけびかえすと、

「で、しゅみは勉強とサッカー。とくいなのも勉強とサッカー。わるいけど、どっちも小学生のレベルをこえてるから、そのつもりでいて」

オエーッ。じぶんでじぶんのこと、よくあんなふうにじまんできるよな。オ

レはあきれて、ふんと鼻をならした。

みんなもあっけにとられたらしく、教室の中が、ちょっぴりざわついた。

そんなさわぎをよそに、ミカリンがいった。

「さてと、佐々岡《ささおか》さんの席《せき》をきめなくちゃね。えーっと、今あいてるのは……」

そこまできいて、オレはギクリとした。いまあいてる席といったら、オレのとなりしかないのを思い出したんだ。

（ま、まさか……）

いやな予感がして、顔をしかめたとき、ミカリンのきっぱりした声がひびいた。

「まどぎわのいちばんうしろ。席はそこよ」

アチャー。オレは、思わずうめき声をあげた。

ったく、きょうは、トコトンついてないぜ。ミカリンにはつめたくされるし、あんなやつととなり同士《どうし》の席になるなんて。

男みたいなカッコに、男みたいなことばづかい。それに、あのえらそうなたいど。はっきりいって、ああいう女の子は好《す》きになれない。

ついでにいうと、オレは、ひかえめで、いかにも女の子らしい女の子が好きなんだ。このクラスでいうと、中川《なかがわ》あずさとかさ……。

しばらくして、やっと一時間めの授業《じゅぎょう》がおわり、オレは、

（あーあ、あずさちゃんがとなりの席にきてくれるのなら、大歓迎《だいかんげい》なのにな）

なんて、ため息をつきながら教室に入っていった。

すると、ルナが、さっそく話しかけてきた。

「あらためて、はじめまして。わたし、佐々岡月子《ささおかつきこ》。ニックネームはルナちゃんでーす。なかよくしようね、原田啓一《はらだけいいち》くん」

「あれ？　おまえ、なんでオレの名まえ知ってんだ？」

おどろいて、そうきくと、

「え、えーっと……、さっき、だれかからきいたんだ。だれだったかな？」

ルナは、おちつきなくあたりを見まわした。

その目つきに、オレは、またしてもドキリとした。この目、この顔、やっぱり見おぼえがある。でも、どこで見たんだろう……。

なんとか思い出そうとしていると、ルナが、からかうようにいった。

「それよりさ、さっきのいたずらのことだけど、どうせなら、もっとスケールの大きいいたずら、やったらどうなの？　オモチャのヘビなんて、せこいのじゃなくてさ」

「せこくてわるかったね」

オレはかっとして、ルナをにらみつけた。

「なら、きくけど、スケールのでっかいいたずらって、どんないたずらなんだよ」

「そうだね……。たとえば、みんなのうわばきを、強力な接着剤《せっちゃくざい》でくつ入れにくっつけておくとか、校長先生のカツラを、みんなのまえでひっぱがしてやるとか……」

「おまえ、マジでいってんのか？」

オレは、あきれて肩《かた》をすくめた。

「みんなのうわばきをくつ入れにくっつけておくなんて、そんなの、いたずらじゃないよ。りっぱないやがらせだよ。それに、いっとくけど、校長先生はハゲじゃないからな。カツラなんてかぶってないんだよ」

「そう」

ルナは、つまらなそうに下をむいた。だが、すぐに顔をあげると、うってかわってまじめな声でいった。

「それはそうと、あんた、勉強は好《す》き？　塾《じゅく》には、いってんの？　成績《せいせき》はどのくらい？」

「な、なんで、そんなことをきくんだよ」

「だって、これからずっと、となりの席《せき》ですごすんだよ。あんたのこと、いろいろ知っときたいじゃないか」

「オレは知られたくないけどな。でもまあ、かくすこともないから、おしえてやるよ。オレ、勉強なんか大っきらい。塾《じゅく》には、親がうるさいから、しかたなくいってるだけ」

「じゃ、成績《せいせき》はあんまりよくないんだ」

あっけらかんと、ルナがいう。

「あのなあ……」

オレはカチンときて、顔をしかめた。

「そういう思いやりのないこと、ズバッというの、やめろよな。オレがザックリきずついてんのが、わかんないのか」

「あ、ごめん、ごめん。そんなつもりじゃなかったんだ」

ルナは、あわててあやまった。

「じゃ、スポーツの話でもしよう。あんた、サッカーは好《す》き？」

「ああ、好《す》きだよ。こう見えても、町の少年サッカーチームに入ってるんだぜ」

「へえ、そうなの。で、ポジションはどこ？」

「いちおう、ミッドフィルダーってことになってるけど」

「いちおう？　いちおうってどういうこと？」

チェッ、いちいちうるさいやつだな。そう思いながら、オレはしぶしぶいった。

「オレ、まだレギュラーじゃないんだよ。レギュラーになれるのは五年生からで……。オ、オレ、四年生だもん」

ほんとは、そんなきまりはない。実力があれば、三年生だってレギュラーになれるんだ。

そんなオレのうそを見ぬいたように、

「ああ、そう。レギュラーじゃないんだ」

と、ルナが肩《かた》をすくめた。

「勉強はだめ。サッカーもいまいち。なんだか、ちょっとばかしイメージがちがうみたい」

「なにがちがうんだ」

オレは頭にきて、バシンとつくえをひっぱたいた。

「だいたい、おまえ、人のことうるさくききすぎるぞ。いっとくけど、オレ、おしゃべりな女と、でしゃばりな女はきらいだからな」

「あら、そう」

ルナは、めげたようすもなく、クシャッと鼻の頭にシワをよせた。

「でも、きらいは好《す》きのうらがえしっていうからね。あんた、わたしのこと、ほんとは好きなのかもよ。じぶんでは気がついてないだけで」

「なに？」

「こうなったら、すなおに告白《こくはく》しちゃうけど、わたしはあんたのこと好き。勉強もサッカーもだめらしいし、いたずらのセンスもいまいちだけど、とっても勇気《ゆうき》があるからね」

「勇気?」

「うん。あんたほど勇気のある男の子はいない」

自信《じしん》たっぷりのルナのことばに、オレはあきれかえってしまった。

こいつ、なにいってんだろ。会ったばかりで、そんなことわかるわけないじゃないか。だいいち、さんざんけなしておいて、オレのこと好《す》きだなんてさ。

ほんと、頭がおかしいとしか思えないぜ。


よく朝、オレは、ふと思い立って、ランドセルに瞬間接着剤《しゅんかんせっちゃくざい》をほうりこんだ。こうなったら、ルナがいってた『レベルの高い』いたずらってのを、やってやろうって思ったんだ。

学校につくと、オレは、さっそくルナのうわばきの底《そこ》に接着剤をぬりつけて、くつ入れにぴったりくっつけてやった。それだけじゃない。教室に入ると、ルナのいすも、接着剤《せっちゃくざい》でゆかに固定《こてい》してやった。

（ヌハハハ………、あいつ、うわばきがはけなくて、あわてるぞ）

そう思って、うきうきしながらまっていると、ルナが、ハミングしながら教室に入ってきた。

見ると、ルナは、新品のうわばきをはいて、しゃきっとした足どりで歩いてくる。

ぽかんとしているオレにむかって、ルナが、ほがらかにいった。

「どうせ、こんなことだろうと思ったからね。もう一足、うわばきを用意してきたんだ。おあいにくさま」

ダハッ！　一本やられた——とは思ったものの、オレは、あいかわらずうきうきしていた。うわばきがだめでも、まだいすがある。

そして、そのときが、いよいよやってきた。ミカリンが教室に入ってきて、クラス委員のデンタク（電卓《でんたく》みたいに、計算がはやいんだ）が、

「起立っ」

と、号令《ごうれい》をかけた。

オレの予想《よそう》じゃ、ルナは、立ちあがったはいいものの、いすをうしろにひけず、どーんとまえのめりにぶったおれて、ハデにおでこをつくえにぶつけるはずだった。

ところが、ルナときたら、いきなり横っとびにオレにだきついてきたじゃないか。

ブチュッ！　あいつのくちびるがオレのほっぺたにあたって、ドハデな音を立てた。

ウゲーッ！　オレは、頭の中がまっ白になっちまった。な、なんだ、これは……。

もちろん、みんなもおどろいたにちがいない。すぐさま、あちこちから、ヤジがとんできた。

「うわっ、朝っぱらから、見せてくれるよなあ」

「キスだ、あいつら、キスしてるぜ」

ミカリンも、顔をひきつらせながらとんできた。

「な、なにやってるんですか、あなたたち」

すると、ルナがすっとオレからはなれて、おちついた声でいった。

「すみません。わたし、ちょっと立ちくらみがして、たおれちゃったんです。でも、原田《はらだ》くんがささえてくれたおかげで、けがしないですみました」

「あら、そうだったの。気をつけてね」

ミカリンは、うたがうようすもなく、教だんにもどっていった。みんなも、

「なーんだ、つまんないの」というような顔をしている。

だが、オレは、心臓《しんぞう》がバクバク……。ほっぺたが、いつまでもジンジンしびれていた。

2★あっとおどろく百点満点《まんてん》！

そんなこんなで、一週間がすぎた。

オレは、ルナをへこませてやりたくて、毎日のようにイヤミをいったり、いたずらをしつづけた。

あいつのランドセルの中に、たべのこしのパンを入れたり、あいつがトイレにいくとき、先まわりして男子トイレと女子トイレの表示《ひょうじ》をとりかえておいたり……。

「よう、ヘラ。おまえには、ルナよりヘラのほうがにあってるぜ」

なんて、からかってみたり……。

だが、ルナときたら、いっしゅんパニくるだけで、あきれるほど立ちなおりが早いんだ。ほんと、にくたらしいったらない。


そして、そんなある日――。

その日の二時間めは、国語だった。

「さあ、みなさんおまちかねのテストをするわよ。漢字の書きとり、五十問」

ミカリンが、ニコニコしながら、テスト用紙をくばりはじめた。

「うへーっ」

オレは、頭をかかえた。なにがいやかって、テストほどいやなものはない。

しかも、漢字の書きとりが五十こだぜ。

だが、ミカリンは、ようしゃなくパチンと手をうちならした。

「さあ、はじめ！」

しかたなく、オレは、テスト用紙の上にかがみこんだ。

(ま、わかるとこからやっていこう)

それにしても、わかる漢字が少ないのには、まいってしまった。百点満点《まんてん》として、三十点とれたらいいほうかも……。

そうして、うんざりしながらテストにとりくみはじめて、十五分ぐらいたったころだろうか。

「先生、できました」

ルナが、ぱっと手をあげ、立ちあがった。

「ええっ、もうできたの?」

ミカリンが、おどろいたように目を見はる。

「はい」

ルナは、自信《じしん》たっぷりにうなずくと、テスト用紙をつかんで、教卓《きょうたく》のまえに歩いていった。そして、とうぜんのようにきいた。

「あとの時間は、校庭に出ててもいいですか」

「えっ、ええ。でも、まだ授業中《じゅぎょうちゅう》だから、しずかにね」

つられたように、ミカリンがうなずく。

「はーい、わかりましたあっ」

ルナは、元気いっぱいそうさけぶと、さっそうとろうかに出ていった。

しばらくして、校庭のほうから、トントンとかるい音がひびいてきた。

見ると、ルナが、サッカーボールを足にのっけて、リズミカルにリフティングしている。それがうまいのなんの！　オレなんか、十回もつかもたないぐらいなのに、ルナときたら、ひざと足首をうまくつかって、いつまでもリフティングしつづけてるんだ。

（へえー。あいつ、ほんとにサッカーがとくいだったんだ）

オレにとっては、ちょっぴりショックだった。

ところで、時間まえにテストをおわらせたのは、ルナひとり。成績《せいせき》のいいデ

ンタクや藤原《ふじわら》カオリも、ぎりぎりまでがんばってたから、正直いって、オレはほっとした。だって、それだけ、問題がむずかしかったってことなんだから。

そして――。そのテスト用紙は、四時間めのおわりにかえされた。

「並木《なみき》くーん、桜井《さくらい》さーん、白石《しらいし》くーん……」

ミカリンが、ひとりひとり名まえをよみあげながら、テスト用紙をわたしている。

（ああ、やだな。また、オカーチャンにおこられるぞ……）

そう思いながら、じっと首をすくめてまっていると、

「佐々《ささ》岡月子《おかつきこ》さーん」

ミカリンが、ニコニコしながら、ルナの名まえをよんだ。

「佐々岡さん、よくできました。このクラスで百点なのは、あなただけよ」

「はあ、まぐれでーす」

ルナは、おちつきはらって、テスト用紙をうけとっている。

そんなルナを見つめる、みんなのおどろきの目といったらなかった。

たった十五分で、五十この漢字の書きとりをやってのけ、しかも百点満点《まんてん》だったなんて！　むむ、サッカーといい、勉強といい、こいつ、そうとうできるな。頭がおかしいって思ってたけど、ひょっとすると、ただものじゃないかも……。

オレは、ルナのことが、なんだかよくわからなくなってきた。


日がたつにつれ、ルナは、ますますみんなの注目のまとになっていった。国語や体育だけじゃなく、ほかの科目も、バツグンによくできるんだ。

といって、じまんしたり、できないやつをバカにしたりはしないから、女の子たちは、ほとんどみんな、ルナと友だちになりたがった。

そんなある日、オレがマンガをよんでいると、いつものように、女の子たちがルナの席《せき》にあつまってきた。

「ねえ、ルナちゃん。勉強のやりかた、おしえて。なにかコツがあるんでしょ」

「塾《じゅく》は、どんなとこにいってるの？」

でも、ルナは、

「わたし、塾なんていってないよ。ただ勉強が好《す》きだから、楽しんでやってるだけだよ」

なんて、かるーくいってのけている。

「それより、ほかの話しない？」

「ほかの話って？」

「たとえば……、原田《はらだ》くんのこととか」

えーっ。おれは、いすからころげおちそうになった。な、なんで、こんなところにオレの名まえが出てくるんだよ。

みんなも、おどろいたようだ。きゅうに声をひそめると、

「原田の話？　あんな子の話をして、なにがおもしろいの」

「いっちゃわるいけど、あいつ、くだらないいたずらをするぐらいしか、能《のう》がないのよ」

なんて、目をパチクリさせている。

けど、ルナは、

「あら、そんなことないよ。啓一《けいいち》くん、いいとこいっぱいあるもの。わたしは好《す》きだな。だーい好き！」

なんていって、ニコニコしている。

や、やばい。オレはにげだそうとして、あわてて席《せき》を立った。

と、はたして、女の子たちが、からかうようにはやしたてた。

「きゃーっ、ルナちゃん、原田《はらだ》のことが好きなんだって」

「よりによって、原田とはね」

「ところで、原田はどうなの？　あんたも、ルナちゃんのこと、好き？」

「うるさいっ」

オレは、どんと足をふみならした。まったく、ルナもルナだけど、こいつら、ずうずうしいにもほどがあるぜ。

と、そのとき――。ルナが、オレのペンケースをもちあげながら、ふしぎそうに首をかしげた。

「ここについてるの、啓一《けいいち》くんの顔だよね。これなーに？」

「なんだ、プリクラじゃないか。そういや、だいぶまえに、みんなでとりにいったよな。プリクラがはやってたころ」

デンタクが、ペンケースをのぞきこんで、つまらなそうにいった。

「プリクラ？　プリクラってなに？」

ルナがきいた。

「えっ、ルナちゃん、プリクラ知らないの？」

「うそでしょう！」

たちまち、おどろきの声があがる。

正直いって、オレもおどろいた。たしかに一時ほどのブームはないし、機械《きかい》をおいてるところもへった。でも、名まえぐらいは、きいたことがあるだろうよ。

だが、ルナは、あくまでも真剣《しんけん》だ。

「ねえ、なんなの？　おしえて」

なんて、みんなにきいてまわっている。

「原田《はらだ》、おまえがおしえてやれよ。ラブラブなんだからさ」

デンタクが、ひやかすようにいった。

「やなこった。だいいち、こっちは、ちっともラブラブじゃないんだからな」

オレはそうはきすてて、すばやくベランダに出た。ベランダで、なかのいい俊《しゅん》がゲームボーイであそんでるのが見えたんだ。

「おい、オレにも、ゲームやらしてくれよ」

「いいけど、ミカリンに見つからないようにしてくれよ。見つかると、とりあげられちまうからな」

俊《しゅん》は、ゲームボーイをオレにわたすと、さりげなくいった。

「いまの話きいてたけど、あのルナって子、そうとうかわってるな。あんな子ととなりの席《せき》だなんて、おまえもくろうするよな」

「ああ、同情《どうじょう》してくれるのはおまえだけだよ」

ゲームをはじめながら、口をへの字にまげてみせたときだ。

とつぜん、せなかでルナの声がしたから、オレは、ひっくりかえりそうになった。

「ねえ、啓一《けいいち》、なにやってんの？」

「なにって、見りゃわかるだろうが」

「わかんない。わかんないから、きいてるんじゃないか」

「えーっ、おまえ、これ知らないの？」

オレは、またまたあきれてしまった。プリクラも知らなきゃ、ゲームボーイも知らないなんて、こりゃいったいどういう子なんだ？

「あ、わかった。おまえ、電気もガスもとおってないような、ドいなかでそだったんだろ」

オレは、からかうようにいった。

「ち、ちがうよ。わたしは、東京《とうきょう》で生まれたんだからね。それに、六歳《さい》からはずっとニューヨークだし。都会も都会、大都会でそだったんだよ」

ルナは、力いっぱい首をふった。

「けっ、大都会でそだっただと！　おまえ、ずうずうしいだけじゃなくて、うそもつくんだな。だれがそんなうそ、信《しん》じるもんか」

「信じてくれなくてもいいよ。でも、わたし、ぜったいにうそなんかついてない」

そういうと、ルナは、ぱっとゲームボーイをうばいとった。ところが、うばいとったはいいものの、どううごかしていいかわからないらしい。

「ね、これ、ほんとになんなの？　勉強につかうものなの？」

すがるような目つきで、オレの目をひたと見つめた。

「もちろん、そうさ」

オレは、とっさにうなずいた。

「俊《しゅん》のオトーチャン、コンピューターの会社につとめてるんだけどさ。今度、小学生むけの電子参考書《さんこうしょ》を発売するんだって。これは、その試作品《しさくひん》。おまえ、頭いいんだから、自分で操作《そうさ》方法《ほうほう》考えだしてみろよ」

「わかった。やってみるから、きょう一日かしといて」

ルナは、真剣《しんけん》な顔でうなずくと、ゲームボーイをもって、教室に入っていった。

「おい、だいじょうぶか。あんなうそついて」

俊がきいた。

「へいき、へいき。今度こそ、あいつをギャフンといわせてやるんだ」

オレは大いばりで、俊《しゅん》のせなかをどんとたたいた。

「でもさ……。あいつ、ゲームこわしちゃうかもしれないぜ」

「あ、そうか。そういや、そうだな」

オレは、ちょっぴりしんぱいになった。でも、すぐに気をとりなおして、ニタリとわらった。

「そのときは、そのときだよ。あいつにべんしょうさせりゃいいんだから。とにかく、オレは、あいつが青くなってあやまってくるのが見たいんだ」

そう。オレは、ルナにものすごく腹が立ってたまんなかったんだ。このまま、負けっぱなしでいるわけにはいかない。

そして――。その日一日、ルナは、元気がなかった。休み時間になると、ゲームボーイをとりだしては、おそるおそるさわってみたり、じっと考えこんだり……。そして、授業《じゅぎょう》がおわると、

「わるいけど、あしたの朝までかしといて」

と、俊《しゅん》にいって、にげるように帰ってしまった。

よしよし――。オレはニンマリ。あしたこそ、あいつのしょげかえった顔が見られるぞ。

ところがよく朝、ルナときたら、けろりとして、ゲームボーイをオレのつくえの上においたんだ。

「ごめーん。いじってるうちに、こわしちゃった。あんたから、俊くんにあやまっといて」

「なに？　オレからあやまれだと？」

オレは、かっとしてどなり声をあげた。

「おまえがこわしたんだろ。自分であやまれ。それに、いっとくけど、このゲームボーイ、高いんだぞ。べんしょうしないと、俊のやつ、気がすまないぜ」

「あっ、とうとう白状《はくじょう》したね、啓一《けんいち》。あんた、これ、電子参考書《さんこうしょ》だっていったじゃない。でも、やっぱりゲームだったんだ」

「あっ……」

「わるいけど、わたしをだまそうったって、そうはいかないよ」

ルナは、かちほこったように、高らかにいいはなった。

「それに、それ、こわれてなんかいないから、安心して。わたし、四時間つづけてあそんじゃった。すっごくたのしかったよ」

「う……」

オレは、なにもいえなかった。けど、だまってひきさがるわけには、どうしてもいかない。

「ふん。こっちだって、おまえがだまされるなんて思っちゃいなかったよ。おまえにゲームのたのしさをおしえてやろうと思って、わざとうそついたんだ。おまえなら、あっというまに操作《そうさ》方法《ほうほう》をマスターするにちがいないって思ってたからな」

いいながら、オレは、なんだかむなしくなってしまった。どう考えても、やっぱり、これはルナの勝ちだ。

チッ、また負けちまった。くやしいったらない！　だが、見てろよ。このつぎは、かならずリベンジしてやるからな！

3★わたし、啓一《けいいち》に恋《こい》してる

そのあと何日間か、オレは、必死《ひっし》であいつにリベンジする方法を考えつづけた。だが、これぞというアイディアは、なかなかうかんでこなかった。なんといっても、オレは頭がわるい。

オレにできるたったひとつのリベンジは、ひたすら、あいつを無視《むし》することだけ。でも、ルナのさびしそうな顔を見るのは、なかなかいい気分だから、いまのところ、これがいちばん効果的《こうかてき》なリベンジかもしれない。

そんなある日の、算数の時間のことだ。

ミカリンが、黒板に分数のひき算のときかたを書いているのを見て、

(ああ、ややこしいの。この世に、算数なんてなけりゃいいのにな)

と、ため息をついたときだ。

右のほっぺたに、なにかあついものをかんじて、オレは、ギクリとして横をむいた。すると、ルナが、まばたきもせずに、じっとこっちを見ていた。

無視《むし》してることもわすれて、オレは、思わず声をかけてしまった。

「おい、なに見てんだよ。オレの顔になんかついてんのか?」

「ううん、ついてないよ」

ルナは、あっさりと首をふった。

「ただ、啓一《けいいち》の横顔、ステキだなあと思って。それで見とれてたんだ」

「なぬっ……」

オレは、いすからころげおちそうになってしまった。こんなやつに「ステキ

だ」なんていわれたぐらいでおたつくなんて、みっともないったらありゃしない。

「そ、それより、いま授業中《じゅぎょうちゅう》だろ。よそ見しないで、ちゃんと黒板見ろよ」

あわてて気をとりなおして、そういうと、

「授業ねえ……」

ルナは、首をすくめた。

「でも、こんな問題、わたしにはかんたんすぎて、やる気がおきないんだよ。月の表面積《ひょうめんせき》の計算とかだったら、もえてくるんだけど」

「月の表面積？　なんだそりゃ」

「その計算法は、二十ぐらいあってね。わたし、まだ五つしかマスターしてないんだ」

「な、なに考えてんだよ、おまえ……」

オレは、つくづくあきれてしまった。やっぱりこいつ、完全に頭がいかれちまってる。

だが、ルナはことをなげに、

「わたしの学力は、小学生のレベルをこえてるっていっただろ」

というと、またしてもオレの顔をじっと見つめはじめた。

「見、見るな。気持ちわりい」

オレは、いそいで顔をそむけた。

ったく、なんでこいつは、こんなにぶえんりょなんだろ。みんなのまえで、オレのこと好《す》きだといったり、こうしてじっとオレの顔を見つめたり……。うっとうしいったらない。

オレは、ヤケになって、

（うん、こうなったら、いつもの手でいくか）とばかりに、ノートにミカリンへのラブレターをかきはじめた。

『ミカリン、元気？　きょうのミカリン、チョーカッコいいよ。ピンクのセーター、すごくにあってる。一度でいいから、オレとデートしてくれない？　そしたら、オレ、思いきってプロポーズしちゃう。新婚旅行《しんこん》はハワイがいい？それとも、やっぱりパリにいきたい？　オレ、ミカリンのいきたいところにいくよ。じゃあ、返事まってるよ』


いつものことだ。ノートを見せると、ミカリンは、

「オーケー、いつでもデートしてあげる。ただし、今学期中にすこしでも成績《せいせき》があがったらね」

なんて、あかるい声でわらうにちがいない。

そのときのことを考えて、オレは、だいぶ気がらくになった。


そして、六時間めの図工の時間。

オレは、きっぱりとルナにいった。

「いいか。授業中《じゅぎょうちゅう》に、オレの顔を見るのはやめろよ。見たらしょうちしないぞ」

すると、ルナは、

「えーっ、どうして？」

と、ききかえしたものの、

「わかった。啓一《けいいち》がいやなら、やめとくよ」

といって、しぶしぶうなずいてくれた。

それで、一件落着《いっけんらくちゃく》になるはずだったんだけど――。ことは、そうかんたんにははこばなかった。

なんと、ミカリンがこんなことをいいだしたんだ。

「この時間は、となりの人とくんで、おたがいの顔をかくことにしましょう」

げーっ。オレはうんざりして、絵の具をほうりだしそうになった。

せっかく、顔を見ないよう約束《やくそく》させたってのに、これじゃ、あいつは、おおっぴらにオレの顔を見られるじゃないか。

思ったとおり、ルナはニコニコしながら、こっちを見ている。

「フフ、わるいね。でも、啓一《けいいち》の顔、思いっきりハンサムにかいてやるから、安心して」

「……」

オレがだまっていると、ルナは、とびっきりのえがおで、オレの画用紙をゆびさした。

「そのかわり、わたしのことも、うんとかわいくかいてよ。まあ、見たまんまをかけばかわいくなるんだから、むずかしくないだろ」

ひえーっ、すごい自信《じしん》！　オレは、ますますむかついてきた。

よーし、こうなったら、とびきりブスにかいてやるからな。なーに、見たまんまをかけばいいんだから、らくなこった。

オレは、さっそくルナの顔を見ながら、絵の具をパレットにしぼりだした。

とたんに、またむねがモヤモヤして、おちつかなくなった。

この目、この顔——。やっぱり、どこかでオレは、こいつに出会ってる。

だが、そんなはずはぜったいないんだ。こいつは、ついこのまえ転校してきたばかりなんだからな。うん、オレの思いすごしにちがいない。

そうじぶんにいいきかせながら、もう一度よくルナを見ると、ルナは、熱心《ねっしん》に絵筆をうごかしている。

まじめなその顔つきに、今度は、チクリとむねがいたんだ。こいつはこんなに真剣《しんけん》なのに、オレときたら、わざとブスにかいてやろうだなんて、ふまじめもいいとこだよな……。

でも、そんなとまどいもすぐにきえた。

そう、こいつはブスなんだ。どんなに好意的《こういてき》に見ても、あずさちゃんみたいにカワイクかけるはずがない。

そんなふうに、ひらきなおってかきつづけているうちに時間がすぎ、やがて

終了《しゅうりょう》のチャイムがなった。

「さあ、おたがいの絵を見せあいましょう。どんなふうにかけているか、たのしみね」

ミカリンの声をあいずに、みんな、となりの子と絵をこうかんした。

「ちょっと、わたしのホクロ、こんなに大きくないわよ」

「うへーっ、ぼく、こんな顔だった？」

「まあまあね。実物は、もっとかわいいけど」

たちまち、あちこちで、にぎやかな声があがる。そんな中、ルナが、

「どれ、啓一《けいいち》、見せて」

といいながら、オレがかいた絵をのぞきこんだ。そのとたん、

「ええーっ、なにこれ！」

という、ひめいがあがった。

「なにって、おまえの顔だよ」

オレは、とうぜんのようにいった。

「うっそー。ひどいよ、わたし、こんなへんな顔してないよ」

「あれ？　見たまんまをかけっていったのは、おまえだろ。オレは、そのとおりにしただけだ」

「そんなあ……」

ルナは、なきそうになっている。

ま、オレも、ちょいとやりすぎたとは思う。目は顔からはみ出してるし、鼻はべちゃっとつぶれただんごっ鼻になってるし、口もぐにゃりとゆがんでるんだから。

「わたし……、わたしは、啓一《けいいち》のこと、せいいっぱいハンサムにかいたんだよ」

ルナが、ぱっと画用紙をひろげ、オレのまえにつきだした。見ると、たしかにそこには、アイドルみたいにカッコいい男の子の顔がかかれている。

「なんだ、こりゃ！」

あきれかえって、そうさけんだときだ。

「やだ。これ、まさか原田《はらだ》の顔じゃないでしょうね」

「ルナちゃん、マジでこんなのかいたの？」

横から絵をのぞいていたカオリとデンタクが、ひやかすようにいった。

「えーっ、どれどれ？」

みんなが、わっとオレたちのまわりに集まってきた。そして、口ぐちにはやしたてた。

「なーる、恋《こい》は盲目《もうもく》って、こういうことをいうのね」

「そうそう、アバタもエクボに見えるってやつさ」

オレは、とうとうがまんできなくなって、ルナの手から画用紙をひったくった。そして、びりびりっとまっぷたつにひきさいた。

「ああっ、なにするんだよ。せっかく、いっしょうけんめいかいたのに」

ルナが、とびついてきて、やぶれた画用紙をうばいとった。すっかりしょげかえって、目にはこんもりと涙《なみだ》がもりあがっている。

(しまった。やぶることはなかったかもな)

オレは、がらにもなく後悔《こうかい》しかけた。

ところが、つぎのしゅんかん、ルナときたら、けろりとしてこういったんだ。

「そうだよ。わたし、啓一《けいいち》に恋《こい》してるんだ。だから、こんな絵かいちゃった。でも、ほんとの啓一は、こんなにカッコよくないよね。それは、わたしにもわかってる。それでも、わたしの目には、啓一がこんなふうに見えるんだ」

「ルナちゃんて、ほんと正直ね」

カオリが、にがわらいをしながらうなずいた。

「でも、ルナちゃんの気持ち、わたし、すごくよくわかる。恋する女の子って、みんな、あいての男の子のこと、理想《りそう》のタイプに見えちゃうのよ」

すると、あちこちで、

「わたしはわかんない。そこまでいうと、イヤミだわ」

「かえって、原田《はらだ》がかわいそうよ」

「ふざけんなよ。恋《こい》だのなんだの、授業中《じゅぎょうちゅう》にいうことじゃないだろ」

という声があがった。

その声にはげまされて、オレは、すかさずルナをどなりつけた。

「そうそう、オレも気に入らないね。これ以上《いじょう》くだらないこといったら、ゆるさないからな！」

ほんと、めいわくったらない。かってに、『恋してる宣言《せんげん》』なんかしやがって。

だが、ルナは知らん顔で、やぶれた絵をセロテープではりあわせている。

(けっ、こいつ、はずかしくねえのかよ)

オレは、むしょうに腹《はら》が立ってたまらなかった。

それにしても、ミカリンもミカリンだぜ。ルナにはなにもいわずに、

「お友だちのかいた絵を、やぶるのはよくないわね」

なんて、オレをにらむんだから。あげくに、オレの算数のノートをひっぱりだすと、さっきかいたラブレターをゆびさして、

「それに、なんなの、これは。もういいかげんに、わるふざけはやめなさい。いままでは大目に見てきたけど、そろそろ本気で勉強する気になってくれないと、おこるわよ」

だってさ。

どうやら、ミカリンまで、ルナの小学生ばなれした成績《せいせき》のよさにショックをうけてるとみえる。それで、ここんとこ、やたらオレにプレッシャーをかけてくるんだ。とんだとばっちりだよ！

4★啓一《けいいち》のことなら、なんでも知りたい

そんなこんなで、やっと授業《じゅぎょう》がおわったとき、オレは、くたくたにくたびれていた。だから、そうじ当番もそこそこに、さっさと家に帰ることにした。

とちゅうまでは、俊《しゅん》といっしょだった。

とうぜん、出てくるのはルナの話。

「な、シカトするにかぎるよ。ああいうずうずうしい女は。そうすれば、そのうち、あきらめてくれるって」

「うん、オレも、そのつもりだけどな」

なぐさめるような俊《しゅん》のことばに、オレがうなずくと、

「だけどさ……」

俊が、ちょっぴりいいにくそうにいった。

「おまえなんかのどこがよくて、ルナは、おまえにほれちゃったんだろ。……あ、気をわるくしたらごめんな」

「いいよ、気なんかわるくしないよ」

オレは、あっさりと首をふった。

「オレだって、自分がカッコいいとは思ってないもん。顔はこんなだし、頭はわるいし、サッカーだって万年補欠《まんねんほけつ》。たまにいたずらして、みんなをわらわせる以外《いがい》に、なーんにもとりえがないもんな」

「そこまではいってないけど」

「いいの、いいの。自分のことは、自分がいちばんよく知ってんの」

そう、オレは、ほんとにふしぎでたまらなかったんだ。どうしてルナは、オ

レみたいなオチコボレ寸前《すんぜん》の男を好《す》きだなんていうんだろ。

ま、あいつのことだ。からかって、よろこんでるだけだとは思うけど。

「そうおちこむなよ。オレは、おまえのこと、ほんとにいい友だちだと思ってるんだから」

わかれぎわ、俊《しゅん》はそういって、オレをはげましてくれた。

「しんぱいすんな。オレ、おちこんでなんかいないから」

と、手をふって、スーパーの角をまがったときだ。ふとだれかに見られてるような気がして、オレは、ギクリとして立ちどまった。

(だれかにつけられてる)

またすこしいくと、はっきりとそう思った。

(よーし、まちぶせして、とっつかまえてやろう)

オレはそう思って、すばやく路地《ろじ》のおくに走りこんだ。

そこへ、あわてたようにかけこんできたのは——。なんとルナだった。

「おい、なんのマネだよ。人のこと、こそこそつけまわしたりして」

おこった声で、そうきくと、

「わ、わたし、啓一《けいいち》の住んでる家が見たかったんだ」

と、ルナがこたえた。

「どうして、オレんちなんか見たいんだよ」

「だって、啓一のことなら、どんなことでも知りたいんだもん」

「チェッ、オレは知られたくないっていってるだろ。でもまあ、おまえに見られたからって、へるもんでもないしな。そんなに見たけりゃ、見ればいいさ」

オレは、はんぶんヤケになっていった。ああ、そんなにオレをコケにしたいんなら、好《す》きなだけコケにすりゃいいさ。

「ただし、背後霊《はいごれい》みたいに、こそこそついてくるなよ。それに、見たらすぐに帰れよ」

「うん、わかった」

ルナは、しおらしくうなずいた。

そんなルナを、オレは完全《かんぜん》に無視《むし》して、さっさと歩いていった。ひとことも口をきかなかったし、顔を見ようともしなかった。

ルナもまた、オレをへたにしげきしてはまずいと思ったらしい。だまってオレについてきた。

それにしても、ルナが、入学したての一年生みたいな歩きかたをするのには、まいってしまった。車が走ってなくても、赤信号《あかしんごう》ではきちんととまるし、横断《おうだん》歩道をわたるときなんか、いちいち左右をたしかめてから、手まであげてわたるんだ。

（こいつ、やっぱりチョーへんな女だぜ）

オレは、つくづくあきれてしまった。

やがて、オレの家についた。

二階だてのちっぽけな家。テレビドラマに出てくるようなおしゃれな家とは

ほどとおい上に、せまい庭いっぱいに、せんたくものがひるがえっている。

「さ、ここがオレんち。みすぼらしい家で、がっかりしただろ」

「そ、そんなことないよ」

ルナは、うわのそらで首をふると、興味《きょうみ》ぶかそうに、じろじろとオレの家をながめた。そして、ぽつんといった。

「ふーん、これが、この時代の平均的《へいきんてき》な庶民《しょみん》の家なんだ」

「なに？　この時代のショミンの家？　そりゃ、どういう意味だ。だいたい、ショミンてなんのことだ？」

「ううん、なんでもない」

ルナは、ハッとしたように首をふると、

「それより、中に入れてくれない？　わたし、啓一《けいいち》のへや、見てみたいな」

「わるいけど、おことわりだね」

オレは、つめたくいいはなった。

「オレは、女をへやに入れない主義《しゅぎ》なんだ。オカーチャンだって、もう半年も入ってないんだぞ。さ、家は見せてやったんだから、もう帰れよ」

「でも……」

ルナが、なにかいいかけたときだ。

「あら、啓一《けいいち》。その子、あんたの友だち？」

オカーチャンが、パートから帰ってきた。

「友だちなら、あがってもらえば。そんなところで、立ち話なんかしてないで」

「ち、ちがうよ。友だちなんかじゃないよ」

オレはあわててそういったけど、オカーチャンは、きこうともしない。

「さあ、入んなさい。でも、啓一がガールフレンドつれてくるなんて、はじめてだね」

なんて、ニヤニヤわらっている。

「では、せっかくですから、おじゃまします」

ルナが、ニッコリわらってうなずく。

(チェッ、これだから、女はずうずうしいってんだ。オカーチャンも、オカーチャンだよ。へんな想像《そうぞう》しちゃってさ)

オレはむっとしながら、しぶしぶげんかんに入っていった。

十分後、オレたちは、居間《いま》のソファに、むかいあってすわっていた。

オカーチャンは、気をきかせたつもりなのか、おやつを出すと、すぐにとなりの家にいってしまった。

オレは、ぶすっとして、ルナをにらみつづけていた。ったく、なんでこんなことになったんだ?

だが、ルナは、にらまれても、へとも思っていないらしかった。つと立ちあがると、

「ふーん。これが、この時代の典型的《てんけいてき》なリビングなんだ。それにしても、レト

ロだねえ」

といって、ぐるりとあたりを見まわした。

「レトロ？　なんだ、そりゃあ」

「昔《むかし》っぽいってことだよ」

「昔っぽい？」

オレはあっけにとられて、つい最近《さいきん》かったばかりのサイドボードやマガジンラックやソファを見まわした。安物《やすもの》だけど、デザインはあたらしいはずだ。

やがて、家具を見るのにもあきたのか、ルナは、クッキーをつまんでぱくりと口に入れた。そして、ニッコリ。

「うん、クッキーの味はかわってない。何年たってもおんなじだ」

「何年たっても……？」

オレは、またまたあっけにとられて、あなのあくほどルナの顔をじっと見つめた。

なに大げさなこといってんだ。オレたち、まだ十年しか生きてないんだぜ。

うーむ、やっぱりへんだ。「この時代」っていうことばもそうだけど、こいつが、ときどきみょうに年よりくさく思えるのはどうしてだろ。だいたい、プリクラやゲームボーイを知らないってのが、まずひっかかるしな……。

「それはそうと」

そんなオレをからかうように、ルナが、わざとらしくいった。

「啓一《けいいち》、ほんとに勉強きらいなの？　ほんとは好《す》きなのに、きらいなふりしてない？」

「なんだよ、それ。どういう意味だよ。オレ、ほんとに勉強なんか好きじゃないぜ」

「そうかなあ……。わたし、どうしてもそうは思えないんだけど」

「おまえがどう思おうとかってだけどよ」

オレは、めんどくさくなって、自分のへやに走っていくと、つくえのひきだしから、テスト用紙のたばをどさっととりだしてもどってきた。

「ほら、見てみろよ、オレの点数。ひどいもんだろ」

「ふわあ、ほんとだ」

ルナは、めずらしいものでも見るように、平均《へいきん》三十点ぐらいのテスト用紙を、ぱらぱらっとめくりだした。

「でも、そんなわけないんだけどなあ。どう考えても、イメージがちがうんだけどなあ」

「なにがちがうってんだ」

オレは、いきり立ってさけんだ。

「おまえ、オレのイメージ、かってにつくりあげてないか？」

「かってに？」

「ああ。オレは頭もわるいし、サッカーだって万年補欠《まんねんほけつ》。オチコボレ寸前《すんぜん》て男なんだぜ」

「オチコボレ寸前《すんぜん》……」

ルナは、いぶかしそうに首をかしげた。

「そう、オレは、せこいいたずらをする以外《いがい》に、とりえがない男なの。そんなオレのこと好《す》きだなんて、おまえ、どういうつもりなんだ？」

「つもりもなにもないよ。好きは好き。ただそれだけだよ」

「ちがうっ。なにかたくらんでるんだろ。いいかげんに、白状《はくじょう》したらどうだ」

「そんなことない。ないってば」

「それとも、オレをからかってよろこんでるのとちがうか。オレがあんまりバカだから。ふん、図星《ずぼし》だろ！」

「そんな！　からかってなんかいないよ」

ルナは、すばやく首をふった。と思うと、

「いけないっ、勉強の時間だ。じゃあね」

といって、あたふたと帰ってしまった。

そのあわてぶりに、オレは、ますます確信《かくしん》をもった。

うん、やっぱり、あいつは、オレをからかってよろこんでるんだ。だったら、気がすむまでからかえばいい。

けど、オレだって、だまっちゃいないぜ。いまにきっと、リベンジしてやるからな！

5★ズバッときめたみごとなシュート

あくる日、オレは、

「そういや、しばらくいたずらからとおざかってたな。きょうこそドハデないたずらをやらかして、みんなをあっといわせてやろう」

なんて思いながら、学校にいった。

ところが、いつもなら、ぱっとアイディアがひらめくのに、どういうわけか、ぜんぜんうかんでこない。

ルナのせいだ――と、オレは思った。そう、あいつが転校してきてから、完《かん》全《ぜん》に調子がくるっちまったんだ。

「ほんと、いいめいわくだよな」

そうはきすてながら、教室に入っていくと、

「おはよう、啓一《けいいち》」

ルナが、はれやかな顔で話しかけてきた。

「ねえ、啓一。宿題やってきた？　算数の練習問題、出てたでしょ」

「そんなもん、やってくるわけないだろ」

いっしゅんドキリとしたものの、オレは、ふてくされたようにいった。

すると、ルナが、さっと自分のノートをとりだして、オレのつくえにおいた。

「そんなことといってるから、ミカリンにしかられるんだよ。さ、わたしのを見せてあげるから、さっさとうつしちゃいな」

「ふん、よけいなおせわだい」

とはいったものの、やっぱり、朝っぱらからミカリンにしかられるのはいやだ。

「わかったよ。そこまでいうんなら、うつさせてもらおうじゃないか」

借《か》りをつくるのはいやだったけど、オレは、しぶしぶ宿題をうつしはじめた。

そんなオレを、ルナは、なんともいえないふくざつな顔で見ていた。

「おかしいなあ。啓一《けいいち》は、宿題をわすれるような子じゃないのに……」

「うつさせてもらってるのになんだけどね、オレはこういうやつなの。それとも、こりずに、またからかおうってのか」

そういって、キッとにらみつけると、

「ううん、ぜったいにからかってなんかいない。わたし、啓一のこと、啓一が思ってる以上《いじょう》に知ってるんだよ」

と、ルナ。

「うそつけ。たった二週間まえに転校してきたばかりのくせに、なにがわかるってんだ」

「そりゃそうだけど……」

ルナは、気まずそうに口をつぐんでしまった。そして、それきり、授業《じゅぎょう》がはじまるまで、なにもいおうとしなかった。

オレは、なんだかひょうしぬけしてしまった。うるさく話しかけられるのもいやだけど、こうして、じとーっとだまりこまれるのも、なんとなくきみがわるい。

(こいつ、なに考えてんだろ)

オレには、さっぱりわけがわからなかった。

しかし、ルナがおとなしくしてたのも、一時間めの算数がおわるまでだった。

二時間め、体育がはじまると、がぜんはりきりだした。

「ねえ、啓一《けいいち》。体育は、サッカーをやるっていってたよね。ああ、たのしみだなあ」

そのことばに、オレは、ルナが校庭でリフティングしてたときのことを思い出した。あの調子じゃ、ドリブルもシュートもヘディングも、そうとううまいにちがいない。

（チェッ、こっちは、いつまでたってもチームのレギュラーになれないでいるってのに）

オレは、したうちをしながら、校庭に出ていった。

まもなく、始業のベルがなって、ミカリンが校庭に出てきた。

「さあ、準備《じゅんび》運動をしたら、さっそくゲームをはじめましょうね」

「はーい」

オレたちは、たらたらと準備運動らしきものをはじめた。まあ、いつものことだ。

そんな中、ルナだけは、真剣《しんけん》にからだをうごかしていた。準備運動というよりは、プロのスポーツ選手《せんしゅ》がやるストレッチといった感じだ。

（ま、見せてもらいましょう。小学生のレベルをこえてるっていう、そのテクニックを）

オレは、なげやりな気持ちで、そんなルナを見つめていた。

まもなく、ゲームがはじまった。

オレと俊《しゅん》は、おなじチーム。ルナは、敵《てき》のチームにわかれた。

オレだって、いくら補欠《ほけつ》とはいえ、町の少年サッカーチームに入ってるくらいだ。学校の授業《じゅぎょう》でやるサッカーじゃ、わりといい線いってると思う。それに、俊は、オレよりはるかにサッカーがうまい。だから、ゲームはそうとう接戦《せっせん》になると思われた。

ところが、だ。ルナのテクニックときたら、中学生、いや高校生ぐらいのレベルだってことが、すぐにわかったんだ。

まず、ボールのキープ力がすごい。それに、パスの正確《せいかく》さ、思いきりのいいシュート。どれをとっても、このクラスにルナにかなうやつはいない。

とうぜん、敵のチームはルナにボールを集めて一方的《いっぽうてき》にせめつづけ、こっちは防戦《ぼうせん》一方という展開《てんかい》になった。

「やばいぜ、啓一《けいいち》」

俊《しゅん》が、すれちがいざま、うわずった声でいった。

「ああ、かなりやばい。あいつひとりにやられるなんて」

オレも、かみをふりみだしながらいった。

くやしいことに、ルナはよゆうたっぷり。ボールをキープしながら、さかんにシュートのチャンスをねらっている。

そして、ついにそのときがきた。

フリーキックのチャンスをえたルナが、ズバーンとシュートをはなったのだ。

それも、ディフェンスのかべをわずかにかすめて、ゴールにとびこむという、みごとなシュートを。

結局《けっきょく》、それが決勝点になって、ルナたちのチームが勝った。

「わーい、やったあ！」

ルナたちのチームは、大よろこび。ヒーロー（女だからヒロインか）のルナ

を、口ぐちにほめそやした。

「ルナちゃん、カッコいい」

「どうやったら、あんなシュートうてるの？」

「いったいどこで、練習してたんだ？」

だが、ルナはあっさりしたもの。

「どうってことないよ。テニスもスキーもこのていどはやれるし、ま、もって生まれた天性《てんせい》のセンスってとこかな」

なんて、かるーくいってのけている。

いつものオレだったら、メチャメチャ腹《はら》が立って、イヤミのひとつもいってたにちがいない。だが、ふしぎにカッカしなかった。それどころか、ひどくおちこんでしまった。

勉強でもサッカーでも、ルナにはとうていかなわないんだ。オレはだめな男。オチコボレ寸前《すんぜん》のサイテーなやつだ……。

がっくりと肩《かた》をおとしながら、とぼとぼと教室にむかって歩きだしたときだ。

「まって、啓一《けいいち》」

ルナがおいかけてきて、ぱっとオレのうでをつかんだ。

「啓一ったら、なにそんなにショボンとしてんの？」

「そんなの、きかなくたってわかるだろ」

オレは、肩をおとしたまま いった。

「オレは、勉強もできないし、スポーツもぱっとしない、チョーだめな男なのさ」

「そんな！」

ルナは、もどかしそうに首をふった。

「だめだなんて思うことないよ。啓一は、やればできるんだから。そう、やる気さえおこせば、なんだってできるようになるんだ。もっと自分を信《しん》じてよ」

「なぐさめてくれて、ありがとよ」

オレは、しらけた気分でいった。

「でも、やればできるなんてのは、オレの場合、あてはまらないような気がするぜ。いいから、もうほっといてくれ！」

「そんな……」

ルナは、またしても、もどかしそうに首をふった。

「そんなことないって。啓一《けいいち》は、やればできる人だよ。わたしには、わかるんだ」

「どうして？　どうして、おまえにそんなことがわかるんだ？」

「それは……」

ルナは、ハッとしたように下をむいた。それきり、なにもいわない。

「そーらみろ。おまえなんかに、オレのことがわかってたまるもんかっ」

そうはきすてると、オレは、うつむいたままのルナをのこして、校舎《こうしゃ》にかけこんだ。

その日から一週間、オレは、ルナとひとことも口をきかなかった。無視《むし》するのは、いまにはじまったことじゃない。どうってことはないと、オレは思っていた。

ところが、どういうわけか、クラスのやつらが、きゅうにオレをせめはじめたんだ。

「おい、啓一《けいいち》。いいかげんにしたらどうだ」

「それって、一種《いっしゅ》のいじめよ」

「ルナちゃん、かわいそうじゃないの」

それでも、オレはルナを無視しつづけた。

だって、考えてもみろよ。かってに『恋《こい》してる宣言《せんげん》』なんかして、うるさくつきまとってくるのは、あいつなんだぜ。つきまとわれてめいわくしてるのは、このオレなんだぜ。

しかも、あいつは、勉強もサッカーもなみはずれた能力《のうりょく》をもってる。オレは、どっちもオチコボレ寸前《すんぜん》で、ヒーヒーいってるってのに。

それでも、ニコニコあいつの相手《あいて》をしてやれってのかよ。オレはいやだ。ていうか、からかわれておもちゃにされるのは、まっぴらだ。

それでみんなにせめられるとしても、それはそれでけっこう。

そう思いながら、オレは家に帰り、その日は塾《じゅく》のある日だったので、しぶしぶながらも塾にいった。

そしたら、なんと、教室にルナがすわってたから、腰《こし》をぬかしそうになった。

「な、なんで、おまえがこんなとこにいるんだよ？」

いきりたってといつめるオレに、ルナはへいぜんとこたえた。

「わたしも、この塾に入ることにしたの。いつも、啓一《けいいち》のそばにいたいから」

「なに？」

「いったでしょ。わたしは、啓一のことなら、なんでも知りたいって。それに、知る必要《ひつよう》もあるんだ」

「お、おまえなあ……」

しつこいっていうか、しぶといっていうか、とにかく、オレはあきれたね。ったく、しつこくされればされるほど、きらわれるってこと、こいつ、知らないんじゃないだろうか。

「ふん、かってにしろ」

「うん、かってにする」

というわけで――。ルナは、塾《じゅく》でも、オレと肩《かた》をならべて勉強するようになったんだけど、ここでも、ルナは、小学生のレベルをこえた成績《せいせき》をとって、先生をおどろかせることになった。

その日、オレたちは、ある有名私立《しりつ》中学の試験《しけん》問題をやらされたんだけど、なんと、ルナは、すべての科目で百点満点《まんてん》をとってしまったんだ。七十点以上《いじょう》とれれば、まず合格《ごうかく》まちがいなしという問題で。

「いや、おどろいたよ」

先生が、感心したようにいった。

「この子は、栄光塾《えいこうじゅく》はじまって以来《いらい》の優秀《ゆうしゅう》な生徒《せいと》だ。おしえることなんて、なにもないくらいだ」

「そんなことはありません。まだまだおそわりたいことはいっぱいあります」

ルナは、ごくあたりまえといった顔をしている。

チェーッ。そういうところが、きらいだっていうんだ。ほめられたら、すなおによろこべ！

6★啓一《けいいち》もきっと月《つき》が好《す》きだね

塾《じゅく》がおわると、オレは、さっさと外にとびだした。これ以上《いじょう》ルナにつきまとわれちゃ、たまんない。

ところが、ルナのほうが、はるかにすばしこかった。

「まって、啓一《けいいち》」

というと、大きく両手をひろげて、オレのまえに立ちはだかったんだ。

「なんだよ。なにか用かよ」

ぶすっとしてにらみつけると、ルナは、気にもとめずにニコッとわらった。

「用なんてないよ。ただ、啓一《けいいち》といっしょに帰りたいだけだよ」

「わるいけど、オレは、おまえとなんか帰りたくないね」

オレは、思いっきりイヤミっぽくいった。

「オレはオチコボレ。できのいいおまえといっしょに帰っても、話があうわけないだろーが」

「またそんなことをいう」

ルナはぷっとほおをふくらませ、オレをにらみかえした。

「何度もいうようだけど、啓一は、オチコボレなんかじゃないよ。それどころか、ものすごく優秀《ゆうしゅう》なんだ」

「けっ、からかうのもいいかげんにしろよな。そっちこそ、何度いったらわかるんだ?」

「からかってなんかいない。ほんとに、啓一は、百年にひとりあらわれるかどうかっていう大天才なんだ」

ルナは、ムキになっていいはった。

「じょうだんじゃないぜ」

オレは、うんざりしきって肩《かた》をすくめた。

「おまえ、この三週間、オレのなにを見てきたんだ？　ちゃんと見てきたなら、そんなこといえるはずないだろーが」

「それは……」

ルナは、なにかいいたそうに、口をひらきかけた。だが、力なく口をつぐんでしまった。

しらけた空気の中、オレたちは、ただもくもくと歩きつづけた。

と――。ふいに、ルナがいった。

「見て。月があんなにきれい」

見あげると、たしかにみごとな満月《まんげつ》が、くらい星空の中でかがやいている。

「わたし、名まえが月子《つきこ》っていうでしょ。そのせいかどうか、月がとっても好《す》きなの」

「へえ、そうかい」

「月を見てるとね。なんかこう、なつかしいっていうか、むねがきゅんとなってくるんだ」

「なつかしい？　かぐや姫《ひめ》じゃあるまいし、なにがなつかしいだよ」

オレは、鼻先でせせらわらった。

だが、ルナはかまわずに、しみじみといった。

「ほんと、月はいいよ。見る人の心をなごませてくれる」

「そうかねえ」

オレは、わざといじわるくいった。

「月は、人の心をくるわせるっていうぜ。オオカミ男だって、満月《まんげつ》の夜、オオカミに変身《へんしん》するんだから」

「たしかに、そういう一面もあるけどね」

ルナは、気をわるくしたようすもなく、こっくりとうなずいた。

「でも、わたしは月が大好《だいす》き。啓一《けいいち》も、好きだよね」

「オレが？　オレは、べつに好きでもきらいでもないけどな」

「ううん、好きにきまってる。いまはそうじゃないかもしれないけど、そのうちぜったい好きになるよ」

「ふん、バカもやすみやすみいえ！」

たまりかねて、オレはかんしゃくをおこしたようにいった。

「このさいだから、いっておく。そういうきめつけるようなもののいいかた、いいかげんやめろよな」

「あら、どうして？　わたし、啓一のことよく知ってるもん。まちがったことは、いってないつもりだよ」

「それがシャクにさわるっての！」

オレは、どんと足をふみならした。

「おまえ、オレのこと、そんなに知ってるわけないだろ。会ってから、まだ半月かそこいらしかたってないんだから。だいたい、知ってる知ってるって、いったいなにを知ってるんだ？」

「そんなの、ひとことじゃいえない……。でも、啓一《けいいち》の知らないところで、わたし、啓一のこと見てきたかもしれないんだよ」

「そりゃ、どういう意味だ？」

バカいえ。オレの知らないところで、こいつに見られてたなんてことがあってたまるか。

だが、オレも何度か、こいつの顔に見おぼえがあるような気がしたことはたしかだ。やっぱりオレとこいつは、どこかで出会ってるんだろうか。

そう思いながら、なおも、

「はっきりいえよ！」

とつめよると、ルナは、もどかしそうに顔をゆがめた。と思うと、あきらめたようにいった。

「意味なんてないよ。いまのはじょうだん」

「なんだ。まじめにきいてるのに、くだらないじょうだんなんかいうな！」

「ごめん。おこらせるつもりはなかったんだ」

ルナはまた月を見あげ、ため息をついた。

そんなルナをのこして、オレは、ぱっとかけだした。ああ、つかれる。こんなミョーチクリンな女といっしょにいると、へとへとになっちまうよ！


よく日は土曜日。土曜日は、いつもサッカーの練習があるから、オレは早ばやと朝ご飯《はん》をすませ、町の公園にいった。

ほんとは、オレだって、一日も早くレギュラーになりたいんだ。ただチームの中には、オレよりもうまい選手《せんしゅ》が何人もいて、いまのところ、おいぬくことができないでいるんだけど。

それはともかく、ひとりでリフティングの練習をしていると、俊《しゅん》がやってきた。

「おう、啓一《けいいち》、あいかわらず早いな」

俊は、オレの横に立つと、自分もリフティングの練習をはじめた。

「それはそうと、ルナのやつ、このチームに入るつもりかな。さっきから、ずっとオレたちのようすをうかがってるぜ」

「えっ、ルナが？」

ギクリとして見まわすと、たしかにルナが、ベンチの横に立ってこっちを見ていた。

「あいつの実力なら、すぐにでもレギュラーになれるな」

俊が、おもしろくなさそうにいった。

はっきりいって、オレもおもしろくなかった。ただでさえ、女に負けるのは腹《はら》だたしいんだ。それが、あのルナとなると、もっとくやしい。

「オレ、ちょっといってくるよ。で、このチームに女は入れないって、いってきてやる」

オレは、そういいはなつと、ぱっとベンチにむかってかけだした。

ほんとは、チームに女が入れないなんてきまりはない。たまたま、いまは女子がいないだけで、ルナの実力を知ったら、監督《かんとく》は大よろこびで、ルナをむかえいれるにちがいない。

だが、オレは、ぜったいにルナにチームに入ってほしくなかった。日曜日もあいつと顔をあわせるなんて、ねがいさげだ。

ところが、ルナは、そんなことは考えてもいなかったらしい。オレの顔を見るなり、ほがらかな声でこういったんだ。

「おはよう、啓一《けいいち》。わたし、きょうから、啓一のサポーターになるからね。うんとおうえんするから、がんばって」

「サポーター?」

「うん。お弁当《べんとう》もつくってきたから、あとでたべて」

「あ、ああ……」

オレは、すっかりひょうしぬけして、ついうっかり、ピンクのバンダナにつつまれた弁当箱《べんとうばこ》をうけとってしまった。

それにしても、調子がくるうったらない。チームに入ってスター選手《せんしゅ》を目ざすのかと思いきや、オレのサポーターになるなんて。

(ま、あいつも、やっと気がついたんだな。あんまり勉強もスポーツも万能《ばんのう》だと、ねたまれるってことに)

なんだかよくわからなかったけど、オレは、そう思うことにして、練習にもどった。

まもなく、監督《かんとく》がきて、本格的《ほんかくてき》な練習がはじまった。ドリブル、パス、シュート、ヘディング。それぞれの基本《きほん》練習からはじまって、フォーメーションの練習、ミニゲームでの実践《じっせん》練習。

オレは、それこそ必死《ひっし》になって練習した。一日も早くレギュラーになりたいし、ちょっとてれくさいけど、ルナが見てるからというのもあった。

ルナに、これ以上《いじょう》ぶざまなすがたを見られたくはない。そう、オレにだって、意地があるんだ。

そのせいかどうか、オレは、ミニゲームで、ひさしぶりにゴールをきめた。

敵《てき》のディフェンダーのクリアミスがあったからだけど、それでもゴールはゴールだ。

「原田《はらだ》、やったじゃないか。チャンスをものにできるなんて、なかなかないぞ。その調子でがんばれ」

監督《かんとく》も、そうはげましてくれた。

「ラッキーだっただけです」

とはいったものの、オレはうれしくてたまらなかった。

そして、これって、もしかしてルナのおかげかな——なんて、がらにもなく考えた。ま、ルナのまえではじをかきたくなかったからこそ、必死《ひっし》でがんばったのはたしかなんだし……。

7★わたし、未来からやってきたの

ルナがつくってくれた弁当《べんとう》は、思いがけずうまかった。たまごとひき肉のそぼろ弁当に、オレンジのデザートつきってやつだけど、

「あいつ、くわないならすてちまうっていうんだ。たべものをそまつにしないためには、くってやるしかないだろ」

オレは、そんなくるしいいいわけをしながら、ガツガツとたいらげた。

とはいえ、自分でもふしぎだった。ついさっきまでは、ルナなんか大きらい、ましてや、弁当をたべるなんて思ってもいなかったのに……。

つきまとわれてるうちに、すっかりルナのペースにまきこまれちまったのかな。サポーターになるっていって、本気でおうえんしてくれたルナのこと、ちょっぴり見なおしたのかな。

それはともかく、弁当《べんとう》をたべてしまった以上《いじょう》、オレは、いっしょに帰ろうというルナのさそいをことわれなくなってしまった。

しかたなくならんで歩きだすと、ルナは、すかさずさっきのゲームの話をはじめた。

「やっぱり、わたしがいったとおり、やればできるじゃない。あのゴール、最《さい》高《こう》だったよ」

「あれはついてただけ。むこうのディフェンダーのクリアミスだよ」

と、オレがいうと、

「そんなことない。チャンスだと思うと、かえって力が入って、ミスしちゃうものなんだ。でも、啓一《けいいち》は、カンペキにきめた。自信《じしん》もっていいよ」

と、ルナがいった。

「勉強だって、いまにきっとできるようになる。でないと、つじつまがあわないもん」

「つじつま？　なんのことだよ」

と、オレはせまった。

だが、ルナはとりあわなかった。ぽんとオレの背中《せなか》をたたくと、はずんだ声でいった。

「そうだ。いまから、プリクラとりにいこうよ。わたし、プリクラがなんなのか、ようやくわかったんだ。カオリちゃんにきいてね」

「な、なに、プリクラだぁ？」

オレは、ズッこけそうになった。

「おまえなあ、ああいうのは、なかのいい友だち同士《どうし》とか、恋人《こいびと》同士とかでとるもんだぜ」

「だったら、いいじゃん。わたしと啓一《けいいち》は、恋人同士《こいびとどうし》だもん」

「こ、恋人同士？」

オレは、むせながらいった。

「いっとくけど、オレ、おまえのこと、恋人だなんて思ってないからな」

「あら、そう」

ルナは、がっかりしたように下をむいた。だが、すぐに、ニッコリ顔をあげると、

「じゃ、友だち同士ってことでいいじゃん。ね、いこうよ」

「やだね。オレ、ああいうのきらいなんだよ」

「あら、啓一、とったことあるじゃないか。ペンケースに、俊《しゅん》くんといっしょにとったの、はってあるだろ」

「あ、あれは、ふざけてとっただけ。それも、ずいぶんまえのことだ」

「ふざけてでもなんでもいいよ。わたし、ぜったいとりたい。おねがい、つれ

てって！」

「わ、わかった。つれてってやるよ」

オレは、ヤケになってうなずいた。

もう、こうなったら、とことんこいつのペースにまきこまれてやるよ。

そうして、ヤケになったまま、交差点《こうさてん》をわたろうとしたときだ。

「だめだよ、啓一《けいいち》。信号《しんごう》が黄色だよ」

ルナが、ものすごい力で、オレを歩道にひきずりもどした。

「ふん、黄色は注意しろって意味なんだ。赤になるまえにわたっちまえば、問題ないだろ」

顔をしかめながら、オレがいうと、

「だめ！　信号はぜったいにまもらなくちゃ」

と、ルナ。死んでもはなすもんかというように、がっちりオレのうでをつかんでいる。

「なんだよ。おまえ、ませてんのかおさないのか、わかんないやつだな。恋人《こいびと》宣言《せんげん》なんてマネをしたかと思うと、入学したてのガキンチョみたいなこといってさ」

オレは、イヤミたっぷりにいった。

それでも、ルナは、真剣《しんけん》な目つきで、信号《しんごう》を見あげていた。

十分後――。オレたちは、ゲームセンターの中のプリクラの機械《きかい》のまえに立っていた。

プリクラは、だいぶまえに大流行して、そのころはすごい行列《ぎょうれつ》ができてたけど、いまはぽつりぽつりとしか人がこない。それでも、だれかに見られてるんじゃないかと思うと、オレは気が気じゃなかった。

そんなオレの気持ちに気づいたのか、

「ほら、もっとちかづいて。顔がはみだしちゃうよ」

ルナが、さっとうでをからませてきた。

「バ、バカ、はなせっ」

オレはギョッとして、ルナのうでをはらいのけようとした。それでも、ルナはぴったりくっついたまま。はなれようとしない。

しかたなくガチガチにかたまったまま、ぼうのようにつっ立っていると――。

しばらくして、ルナとオレがぎこちなくうでをくんでうつってるシールが、ずらりと出てきた。

「わーい、わーい。わたしと啓一《けいいち》のプリクラができた。すっごーい思い出ができちゃった」

ルナは、すっかりよろこんでいる。

「大げさだなあ。たかがプリクラだぜ」

オレは、バカにしたようにいった。

だが、そういうオレ自身、メチャとまどっていた。なんだか、くすぐったい

ようなてれくさいような、ミョーな感じがするのだ。

ルナなんか、大きらいだったはずなのに、これはどういうことだろう……。

「ね、いまから、デートしようよ。公園かなんかにいって」

とつぜん、ルナがいった。

「デート？　なにいってんだ。オレたち、まだ小学生だぜ」

オレは、ふとミカリンにかいてたラブレターを思い出した。だが、あれは、ふざけてかいただけ。デートだなんて、とんでもない。

「でも、わたし、どうしても啓一《けいいち》にきいてもらいたいことがあるんだ。おねがい、いっしょにいって」

「わ、わかったよ」

オレはしぶしぶうなずくと、ルナにひっぱられるようにして、ちかくの公園にいった。

そこは、町はずれの小さな公園だった。せまいけど、緑が多くておちつける。

「ほらね。こういうとこだと、いかにもデートって感じがするだろ」

「デートじゃないってば！」

オレは、あくまでもいいはった。

「わかった、わかった。ただの話し合いだよ」

ルナはにがわらいをすると、古い木のベンチをゆびさした。

「さ、すわって。いまから、だいじな話をするんだから」

「あ、ああ」

オレは、おとなしくベンチに腰《こし》をおろした。

すると、すかさずルナがいった。

「さっき、啓一《けいいち》は、みごとにゴールをきめただろう」

「まあ、みごとってほどでもないけどな」

「あれとおんなじなんだよ。啓一は、勉強だって、やればできるんだ」

「けっ、またその話かよ。なら、オレ帰るぜ」

オレはむっとして、立ちあがった。

「だめ。さいごまできいて！」

ルナはあわてて、オレをベンチにすわらせた。

「啓一《けいいち》は、自信《じしん》がないだけなんだ。自信さえもてば、きっとできるようになる。サッカーでも勉強でもほかのどんなことでも、むかうとこ敵《てき》なしってぐらいのレベルになるんだよ」

「ふざけるな。オレがだめなやつだってこと、知ってるだろーが。いたずらだって、幼稚園児《ようちえんじ》なみのレベルだしな」

「わたしがいったこと、まだ気にしてたんだね。ごめん、あやまるよ。でも、啓一は、自分のこと、だめだって思いこみすぎてるんだ」

「思いこみじゃないよ。それがほんとのオレなんだ」

「ちがう！」

ルナは、どんと足もとの砂《すな》をけった。

「ああ、どういえば、わかってもらえるのかな。啓一《けいいち》が、ほんとはものすごく優秀《ゆうしゅう》な男の子なんだってこと」

「いいかげんにしろ！」

オレは、思わずどなった。

「何度いえば気がすむんだ？　オレは、オチコボレ寸前《すんぜん》のダメ小学生だってこと。おまえ、しつこいぜ。しつこすぎて、うんざりすらあ」

「しつこい……」

ルナは、きゅうにショボンとなった。

「わたし、そんなにしつこい？　ただはげましてるだけなのに……。でも、ぎゃくに、きらわれちゃったみたいだね」

「べ、べつにきらっちゃいないけどさ」

オレは、ギクリとして首をふった。

たしかに、ちょっとまえまでは、こいつのことが大きらいだった。だが、いまは……。

「だったら、きいて。わたしのいうことを」

ルナは、すがりつくようにオレを見つめた。

「啓一《けいいち》は、けっしてオチコボレのダメ小学生なんかじゃない。それどころか、将来《しょうらい》は、ものすごい大ものになるんだ」

「大もの？」

「うん。サッカーじゃ、ワールドカップに出場して得点王《とくてんおう》になるし、そのあとは、月にコロニー、つまり人間が住める人工都市を建設《けんせつ》する大建築家《だいけんちくか》になるんだからね」

「ワールドカップだと？　月に人工都市を建設する大建築家だと？」

オレは、ふきださずにはいられなかった。いったい、どこからそんな発想《はっそう》が出てくるんだろう。

「啓一。あんた、わたしのいうこと、信《しん》じてないんだね」

ルナが、やれやれというように首をふった。

「あったりまえだろ。だれがそんな夢物語《ゆめ》、信《しん》じるってんだ」

「夢物語じゃない。ほんとのことだよ」

ルナは、じれったそうに、もう一度足もとの砂《すな》をけった。

「こうなったら、いうよ。ほんとは、さいごまでいわないでおこう、ううん、いっちゃいけないって思ってたんだけど、もういうしかないよ」

「いうって、なにをだよ」

せせらわらうオレを、ルナは、すんだ目でひたと見すえた。

「いい？　よくきいて。わたし、百年後の世界から、タイムトラベルしてきたの。だから、あんたの将来《しょうらい》のことは、なんでも知ってるの」

「タイムトラベル？」

オレは、ケケケとわらった。

なにをいいだすかと思ったら、タイムトラベルだって。こいつ、頭がいかれてるどころか、病気だよ。

「わたしのこと、頭がおかしいって思ってるだろ」

ルナが、ため息まじりにいった。

「でも、わたしは正気。これからいうことも、ほんとのことだよ」

「へえっ、そうですかい」

オレは、またしてもケケケとわらった。

「とにかく、わたしは、百年後の世界からこの時代にやってきた。原田啓一《はらだけいいち》という、すばらしい人間の少年時代を、じかに観察《かんさつ》するために」

「そりゃまた、ごくろうなことで」

「わたし、年は十歳《さい》だけど、大学生なんだ。それで、大学の文化祭に、原田啓一の少年時代についてレポートしようと思ったんだ」

「へえ、レポートね」

「原田啓一は、優秀《ゆうしゅう》なサッカー選手《せんしゅ》だった上に、世界的《せかいてき》な大建築家《だいけんちくか》になったからね。みんなも、ものすごく知りたがってるんだ」
そこまでいうと、ルナは、ふうっと息をはきだした。

8★オレガワールドカップの日本代表？

「いい？　啓一《けいいち》は、月にコロニーを建設《けんせつ》するとき、チーフ建築家《けんちくか》として大かつやくしたんだよ。啓一がいなかったら、人類《じんるい》は月でくらすことなどできなかった。そのくらいすごい大天才なんだ」

「へえ、そうかい」

オレはあきれて、肩《かた》をすくめるしかなかった。

だが、ルナは、知らん顔でいった。

「わたしの名まえ、月子《つきこ》っていうだろ。それは、月で生まれたからなの。啓一の設計《せっけい》した月コロニーで生まれたはじめての女の子だから。わたし、ふだんはルナってよばれてるけど、ほんとは、月子《つきこ》って名まえのほうが好《す》きなんだ」

「へえ、月で生まれたから月子ねえ」

オレは、おどけながらいった。

「ふざけないで！」

ルナは、キッとオレをにらみつけた。

「わたし、ほんとのこといってるんだから。ぜったいに、うそなんかついてないんだから」

「よせやい」

オレはうんざりして、ルナをにらみかえした。

「おまえの話は、ぜーんぶうそっぱち。なにからなにまで、うそっぱち。だれが信《しん》じるもんか」

「どうして？」

「ふん、タイムトラベルだと？　未来《みらい》で大ものになってるオレの子ども時代のことを観察《かんさつ》するために、この時代にやってきただと？　よくもそんな大ボラふけるもんだな」

「大ボラじゃない。ほんとのことなんだ」

「だったら、見せてみろよ。おまえが、未来からタイムトラベルしてきたしょうこをさ」

ついにがまんできなくなって、オレはさけんだ。

「しょうこ？」

「ああ、タイムトラベルしてきたんなら、タイムマシンてものがあるはずだろう。そのタイムマシン、見せてくれよ」

「それは……」

ルナは、しまったというように下をむいた。

「そら見ろ。証拠《しょうこ》も見せられないくせに、いいかげんなこというなよな」

「いいかげんじゃないよ。ほんとのことだよ。ただ……」

「ただ、なんだ？」

「こ、この時代の人に、タイムマシンを見せることは、き、禁《きん》じられてるんだよ。もし見せたために悪用されると、と、とんでもないことになるからね」

ルナは、どもりながら、あわてたようにいった。

「そのていどのいいわけで、ごまかされるオレじゃないぜ」

オレは、ふんと鼻をならした。

「とにかく、しょうこもないものを、オレは信《しん》じるわけにはいかないね」

「いいよ、信じてくれなくても」

ルナは、がっかりしたようにため息をついた。

「ただ、あんたが信じようと信じまいと、さっきいったことはほんとうだからね。あんたは、大学生のとき、ワールドカップの日本代表にえらばれて大かつやくをする。それに、五十歳《さい》のとき、月コロニーの設計《せっけい》にたずさわって、月移《い》住《じゅう》のプロジェクトを完成《かんせい》させる。ぜったいにうそなんかじゃない」

「……」

「だから、自分のこと、オチコボレのダメ小学生だなんて思わないで。そりゃ、いまはちょっとばかしだめかもしれないけど、かがやかしい未来《みらい》がまってるんだから」

オレは、あんまりバカらしいので、なにもいわず、だまってルナの顔を見つめていた。

このオレが、サッカーのワールドカップに出場して、月にコロニーを建設《けんせつ》するだと？　まったくふざけた話だ。

「わたし、まえにいったよね。勉強もだめ。サッカーもいまいち。こりゃ、ちょっとイメージがちがいすぎるって」

「ああ」

「いまだからいうけど、わたし、ものすごい天才少年をイメージしてたの。成《せい》績《せき》はつねにトップクラス、サッカーもおしもおされもせぬエースストライカーっていうような。データベースにインプットされてたのも、そういう情報《じょうほう》だったし」

「……」

「でも、あんたは、そうじゃなかった。だから、イメージがちがうって思ったの。情報がまちがえてインプットされたんじゃないかと、うたがうようになったの」

「情報だのなんだの、関係《かんけい》ないね。オレは、天才なんかじゃないんだから」

「ちがう、ちがうよ！」

ルナは、じれったそうに、ぱっと立ちあがった。

「やっぱり、情報はまちがってたんだ。ううん、半分しか正しくなかった。いまにあんたは、なにかのきっかけで、きっと天才少年に生まれかわる。かならず生まれかわるんだから、自信《じしん》をもってよ！」

「うるさい！」

オレもじれったくなって、立ちあがった。

「オレはオレ。なにがあったってかわりようがないよ。だいいち、オレは、おまえのことうそつきだと思ってんだからな。タイムトラベルなんて、これっぽっちも信《しん》じちゃいないんだからな」

「それもそうだね。うん、信じろっていうほうがむりだった。考えがあまかったよ」

ルナは、泣《な》きそうな声でそういうと、さよならもいわずに、ぱっとかけだしていった。いつもの用心ぶかさもわすれたように。

「なんだ。つごうがわるくなると、にげだすんだな」

オレは、ルナのうしろすがたにむかって、べーっとしたをつきだした。

ふん、あんな大ボラにオレがホイホイよろこぶと思ってるのなら、考えちがいもいいとこだよ。

だが――。家に帰ると、オレは、ちょっぴりルナの話を信《しん》じてもいいような気になってきた。というより、信じてみたくなったといったほうが正しい。

だって、ワールドカップだぜ。月コロニーのほうは、あまりにも現実《げんじつ》ばなれして、とてもほんとのこととは思えなかったけど、ワールドカップとなると、話はべつだ。

このオレが、日本代表としてワールドカップに出る。それって、すごいことじゃないか。

「わーっ、もしほんとだったらどうしよう！」

ベッドにたおれこみながら、オレは、きゅうにわくわくしてきた。

考えてみれば、タイムトラベルだって、まるきり不可能《ふかのう》ってわけじゃない。未来《みらい》の科学者たちがタイムマシンを発明しても、おかしくはない。

「そういえば……」

オレは、ふと思い出した。ルナが、プリクラもゲームボーイも知らなかったってことを。

それって、ルナがこの時代の子どもじゃないってことの、ひとつの証拠《しょうこ》なんじゃないだろうか。もちろん、ひどくあいまいな証拠《しょうこ》ではあるけれど。

「それにだ」

オレは、またしても思い出した。ルナが、学校でも塾《じゅく》でも、なみはずれた成《せい》績《せき》を見せつけてくれたことを。

「年は十歳《さい》だけど、わたし、大学生なんだよ」といったルナ――。あれは、ほんとだったのかもしれない。

「げーっ、どうしよう」

オレは、ぱっとベッドの上におきあがった。

もし、ルナのいったことがほんとだとすると、オレはチョー天才少年てことになる。いまは才能《さいのう》がねむってるだけで、そのうち、その才能はみごとに花ひらくってことになる。

「まさか、まさかな……」

オレは、よわよわしくつぶやいた。

すっげえいい気分と、じょうだんじゃないって気分とがまじりあって、オレは、なにがなんだかわからなくなってしまった。

9★あれは……タイムマシン？

月曜日になった。

オレは、ふくざつな気分のまま、学校へいった。ルナに会うのが、なんとなくこわいようでもあり、たのしみなようでもあった。

でも、ルナは、

「おっはよー、啓一《けいいち》」

なんて、むじゃきな顔でわらっている。

「じつは、きのうの話だけどさ」

オレが、いきごんでそう切りだすと、

「なんの話？」

ルナは、知らん顔で立ちあがった。

あんなとてつもない話をしたってのに、まるでおぼえていないといった顔だ。

「それより見て！」

ルナは、ぱっと右手をあげ、とくいげにさけんだ。

「きのう、啓一《けいいち》といっしょにプリクラとってきたの。どう、すごいでしょう」

「どれどれ？」

「あ、ほんとだ」

たちまち、みんなが、ルナのまわりに集まってくる。

「よせっ。そんなの、みんなに見せるなっ」

オレは、カーッと頭に血がのぼって、プリクラをひったくろうとした。

だが、ルナは、ぱっとにげていくと、

「啓一《けいいち》ったら、きんちょうしてかたくなってんの。もっとリラックスすればいいのにねえ」

なんていって、みんなにプリクラのシールを見せびらかしている。

「あは、ほんとだ。原田《はらだ》のやつ、顔がガチガチにこわばってるぜ」

「こりゃ、まるで指名手配の犯人《はんにん》みたい」

「じゃ、ルナちゃんは、ゆうかいされた女の子ってとこかしら」

あざけるようなみんなのことばに、オレはものすごくむかついた。

チェッ。だから、プリクラなんかとるのいやだっていったのに！

すると、そんなオレを見て、ルナがなぐさめるようにいった。

「でも、こういうしまった顔もわるくないよ。へんににやけた顔より、わたしは好《す》きだな」

「そうかあ」

「そりゃ、おあついことで」

ルナのまわりで、からかうようなわらいがどっとひろがる……。

オレは、ますますむかついて、いきおいよく教室をとびだした。

ふん、お人よしもいいとこだよ。あんなほら話を信《しん》じかけて、うきうきしてたなんて。よーし、いまに見てろ。かならずうそだってこと、証明《しょうめい》してやるからな。

そんなふうにカッカしてたから、その日の授業《じゅぎょう》はさんざんだった。国語の音読をさせられりゃ、つっかえてばかりだし、算数の問題じゃとんでもないまちがいをして、大はじをかくし……。

さて――。長かった授業もやっとおわり、オレは、まちかねたようにルナのあとをつけはじめた。

そう、オレは、ルナのことをなんにも知らない。どこに住んでいるのか、それすら知らない。だったら、ここはひとつ、あいつの家にふみこんで、タイムマシンなんかないってことをあばいてやろうと思ったんだ。

そうして、気づかれないよう注意しながらおいかけていくと、やがてルナは、町はずれの交差点《こうさてん》のそばの古い洋館《ようかん》に入っていった。

オレは、いっしゅん、あっけにとられた。

そこは、『おばけやしき』とよばれている洋館で、もちぬしは、五年ぐらいまえに外国にいってしまったという。そのあとだれも住んでいないから、あれほうだいにあれている。

「まさかあいつ、こんなとこに住んでるんじゃないだろうな」

そうつぶやいたとき、ふいに、ぼんやりとした光景《こうけい》が頭をかすめた。この家、この場所……。ずっとまえ、ここでなにかがおこった。

だが、それがなんだったのか、どうしても思い出せない。

「ま、いいや。気のせいだろう」

もどかしさをなんとかおいはらって、門の中に入っていくと、カサコソと落ち葉が音を立てた。

オレは、ギクリとして足音をしのばせると、そっと洋館《ようかん》にちかづいていって、まどの中をのぞいてみた。

そこは、オレんちのリビングの五倍はありそうな、ひろいへやだった。だが、天井《てんじょう》はくものすだらけだし、ゆかにはわたぼこりがつもってるし、家具にはうすよごれたカバーがかかってる。

とても、人が住んでいるようには見えない。

「うひゃー、こりゃ、ほんとにおばけやしきだ」

と、つぶやいたときだ。

ウィーン、ガガ、ウィーン、ガガ……。おくのほうから、なにやら金属《きんぞく》がこすれるような音がひびいてきた。つづいて、

「あれえっ、こわれちゃったかな」

という、しんぱいそうなルナの声。

オレは、音のするほうに歩いていくと、おそるおそるまどの中をのぞいてみ

BREAD

た。

するとそこは、わりときれいにそうじされたへやだった。ただ、おかしなことに、ベッドやつくえなんかのほかに、なべとか食器《しょっき》とか電子レンジまでおいてある。

それだけじゃない。へやのすみに、洗濯機《せんたくき》とも冷蔵庫《れいぞうこ》ともつかない、ひどくおかしな機械《きかい》がおいてあるのだ。人間がひとり入れるくらいの四角い機械で、計器《けいき》やスイッチらしきものがついている。

そして、ルナがむずかしい顔で、その計器らしきものをいじりまわしている。

オレは、心臓《しんぞう》がとまりそうになって、あわてて洋館《ようかん》からにげだした。そして、ふらつく足で歩きながら、半分しびれたような頭で考えた。

あれは、いったいなんだろう。もしかして、タイムマシンだろうか。

もしそうなら、ルナがあんなおばけやしきに住んでいるのもなっとくがいく。

あそこなら、だれもたずねてこないだろうし、タイムマシンも見つからないだろうから。

「ひえーっ、どうしよう！」

オレは、思わず歩道にへたりこんでしまった。

そりゃたしかに、きのうは、ルナの話がほんとかもしれないとは思ったよ。

でも、それは、ほんの一パーセントぐらいの確率《かくりつ》でそう思ったにすぎないんだ。

だが、いまはそれが五十パーセントぐらいの確率にまであがってる。

そういえば、ルナはやたら「この時代」とか口走ってたし、オレんちの家具をレトロだなんてこともいっていた。

それって、未来《みらい》からきたからこそ出てきたセリフなんじゃないだろうか。

「でも、でも、ルナが未来の人間だなんて……」

オレは、それこそ目がまわりそうになり、息もたえだえといった感じで、家に帰った。

10★証拠《しょうこ》を見せてあげる

家に帰ると、オレは、なにひとつまともに考えることができず、ただボケーッとベッドにねころがっていた。

と、そこへ、ルナがたずねてきたから、もうあせったのなんの……。

「な、なんの用だ」

あわててげんかんに出ていって、しどろもどろにそういうと、

「なによ、啓一《けいいち》。熱《ねつ》でもあるんじゃないの」

と、ルナがわらった。

「熱《ねつ》なんかないよ。それより、なにしにきたんだよ」

「うん、ちょっとタイムマシンの調子を見に帰ったんだけど、それもおわったから、あんたのへやを見にきたの。きょうは、けちなこといわないで、見せてくれるよね」

「タイムマシン……」

オレは、さっき見た機械《きかい》を思い出して、ドキリとした。やっぱり、あれはタイムマシンだったのか……。

「ねえ、へやは見せてくれるの？　くれないの？」

「へや？　ああ、オレのへやかよ」

オレは、ハッとわれにかえると、おいかえす気力もないまま、ルナを二階につれていった。

「さ、ここが、オレのへやだ。気がすむまで見るがいいや」

「そう？　じゃ、おじゃましまーす」

ルナは、えんりょなくへやに入っていった。たちまち、その目がまるくなる。

「ひえーっ、きたない。それに、マンガばっかり！」

「わるかったね。きたない上に、マンガばっかりで」

オレは、力なくいった。

「で、どうなんだよ。文化祭では、正直にレポートするつもりなのか？　原田《はらだ》啓一《けいいち》は、最低《さいてい》の小学生だったって」

「なによ、それ」

「おまえ、オレの少年時代をしらべるために、タイムトラベルしてきたんだろ。だったら、正直にレポートするのか、それともうそをつくのか、オレも知りたいと思ってね」

「そうだね……」

ルナは首をかしげて、ちょっと考えこんだ。

「未来《みらい》のあんたの功績《こうせき》からすると、ほんとのことはいいたくないよね。イメージをこわすことになるから。でも、うそはつけない。やっぱりほんとのことをいうしかないだろうね」

「ああ、そうか。だったら、ありのままのオレをレポートしてくれよ。えんりょなくね」

いやみでもなんでもなく、すなおにそういうと、ルナは、おどろいたようにオレを見つめた。

「啓一《けいいち》！　そんなことというなんて、あんた、わたしのこと、信《しん》じてくれたんだね。タイムトラベルの話、信じてくれたんだね」

「いや、それは……」

オレは、ことばにつまった。

はっきりいって、まだ百パーセント信じてるわけじゃない。なんてったって、さっき見たのが、たしかにタイムマシンだっていう証拠《しょうこ》がないんだから。

いま思うと、まえに雑誌《ざっし》で見た、アメリカ製《せい》の洗濯機《せんたくき》にそっくりなような気もするし。

「証拠《しょうこ》だろ。証拠がないって思ってるんだろ」

ルナが、ため息まじりにいった。

「あたりまえだよね。こんなSF《エスエフ》映画《えいが》みたいな話、証拠もなしに信《しん》じろっていうほうがむりだよね」

「そういうこと」

「わかった。じゃ、証拠を見せるから、ついてきて」

ルナは、ぱっと立ちあがると、すばやく階段《かいだん》をかけおり、家の外に出ていった。

「ど、どこへいくんだよ」

あっけにとられたままおいかけていくと、ルナは、いつもどおり忠実《ちゅうじつ》に信号をまもり、慎重《しんちょう》な足どりで歩いていく。

いらいらしながらついていくと、しばらくしてついたのは、あのおばけやしきのまえだった。

「ここだよ、啓一《けいいち》。ここでなにがあったか思い出してみて。それが、わたしが見せてあげられる、たったひとつの証拠《しょうこ》なんだ」

「え？」

おちついたルナの声に、オレはドキリとした。

そう、やっぱりここで、なにかがおこった。さっき頭をかすめた光景《こうけい》は、気のせいなんかじゃなかったんだ。でも、いったいなにがおこったんだろう……。

「啓一、まだ思い出さない？」

ルナは、もどかしそうに顔をゆがめた。と思うと、意をけっしたように交差《こうさ》点《てん》の中に出ていった。

見ると、信号《しんごう》は赤。むこうから、トラックがつっぱしってくる。

「バカ、死にてえのか！」

オレは、ギョッとして交差点にとびだすと、力いっぱいルナをつきとばした。

そして、ルナの肩《かた》をだくようにして、いきおいよく反対がわの歩道にたおれこんだ。

「いてえっ」

さけんだときだ。

とつぜん、なにもかも思い出した。

そうだ。これとまったく同じことが、まえにもおこった。たしか一年ぐらいまえ、この場所で。

赤信号の交差点《こうさてん》に、ふらふらっと出ていったルナ。

「バカ、死にてえのか！」とどなって、ルナをつきとばしたオレ。

そうだったのか。ルナは、あのときの女の子だったのか。どうりで、転校してきたとき、見おぼえのある目だと思ったわけだ。

あのときのかんしゃにみちたルナの目つきをまざまざと思い出しながら、オレは大きく息をすいこんだ。

「どうやら思い出してくれたようだね」

ルナがほっとしたように、オレにわらいかけた。

「ああ、思い出した。オレたち、一年まえにここで出会ってたんだな」

オレは、息をはきだしながらうなずいた。

「そうだよ。そもそもわたしは、いまの啓一《けいいち》、つまり四年生の啓一に会うつもりで、タイムトラベルしてきた。でも、ちょっとしたミスで、あんたが三年生の年についいちゃったんだ」

「三年生？　つまり、一年まえってことか」

「うん。それで、あわててタイムマシンのある洋館《ようかん》にもどろうとして、交差点《こうさてん》の中に出ていったんだ。未来《みらい》じゃ、地上を車が走ってることなんてないし、信号《しんごう》もない。だから、ついうっかり、ね」

「そ、そうだったのか」

どうりで、こいつ、いつもあんなに注意ぶかく道を歩いてたわけだ。

「そんなドジなわたしを、啓一《けいいち》、あんたがたすけてくれたんだよ。さっきみたいに」

ルナが、しみじみといった。

「おかげで、わたしは、ケガひとつせずにすんだ。そして、もう一度タイムトラベルしなおして、一年後、つまりこの時代にくることができた。あんたのことをいろいろしらべて、おなじ小学校に転入することもできた」

「……」

「でも、まさかクラスまでおなじになるとは思ってなかったんだ。しかも、となり同士《どうし》の席《せき》でさ。あんなうれしいぐうぜんはなかったよ」

キラキラひかるルナの目を見ながら、オレも、むねがちょっぴりあったかくなった。

あの日、ろうかに立たされてたオレを見たときの、おどろいたようなルナの顔。それが、みるみるうれしそうな表情《ひょうじょう》にかわったのは、そういうわけだったのか……。

「でもね、おなじクラスになれたのは、わたしが必死《ひっし》でそうなるようにねがったからだよ」

ルナが、まじめな顔でいった。

「だって、わたし、啓一《けいいち》のことひと目で好《す》きになっちゃったんだもん。一歩まちがえば、自分が車にひかれてたかもしれないのに、あんたは、危険《きけん》もかえりみずにたすけてくれた。ほんとに、なんて勇気《ゆうき》のある男の子だろうって」

そうか。それで、こいつ、オレのこと勇気があるなんていったのか。やっとわかった……。

「ね、これでわたしの話、信《しん》じてくれるよね」

ルナが、うってかわって明るい声でいった。

「わたしは未来《みらい》からやってきた。だから、啓一の将来《しょうらい》のことなら、なんでも知ってる。啓一はサッカーの名選手《めいせんしゅ》になるし、月コロニーの設計《せっけい》なんてすごいこともやってのけちゃうんだ」

「ほ、ほんとにそうなのか？」

「もちろん、ほんとだよ」

ルナは、きっぱりとうなずいた。

「だから、もう自分のこと、オチコボレのダメ小学生なんて思っちゃだめだよ。いいね」

「うん、わかった」

オレは、まだちょっぴりとまどいながらも、しっかりとうなずいた。


そのあと、ルナは、ガードレールによりかかって、未来《みらい》の話をすこしばかりしてくれた。月コロニーでの生活のこと。大学で勉強中のこと。地球環境《ちきゅうかんきょう》の変化のこと……。

もっとも、ルナによると、

「未来《みらい》の話を過去《かこ》の時代の人に話すのは、ほんとは禁《きん》じられてるんだ」

そうで、たいしたことはきけなかったけど。

しかし、それよりも、オレは、もうじきルナが未来にもどるという話のほうがショックだった。

「過去《かこ》に長くいすぎると、愛着《あいちゃく》がわくからだめなんだって。それに、わざとじゃないにしても、ふとしたことで歴史《れきし》をかえちゃうようなことになったら、たいへんだろ」

ルナはそういったけど、ルナにきくまでもなく、そいつはSF《エスエフ》映画《えいが》なんかじゃ有名な話だ。タイムトラベルしてきた人が、過去の歴史をかえちまうなんてことは。

それにしても、このさびしさはなんだろう。

おしゃべりでずうずうしくて、ちっとも女の子らしくないルナ。勉強もスポーツも万能《ばんのう》で、なにかというとオレをへこませた、にくたらしいルナ。

それなのに、わかれるのがこんなにさびしいなんて、どういうことだろう。ひょっとして、あいつのことが好《す》きになったのかな……。未来《みらい》の話をして、いっしょうけんめいオレをはげましてくれたあいつにほれちまったのかな……。

それにしても、つらすぎるぜ。好きになったとたんに、いなくなられるなんて!

11★みごとにきめた五本のPK《ピーケー》

よく日もそのつぎの日も、オレは、ルナとあまり話をしなかった。てれくさいっていうかなんていうか、なにを話していいのかわからなかったからだ。ルナも、まわりの女の子たちとはよくしゃべってたけど、オレに声をかけようとはしなかった。

ほんとは、話したいことがいっぱいあるのに、もうすぐわかれのときがくるっていうのに、オレたちなにやってるんだろう。

オレは、しだいにいらいらしてきた。

ルナも、いらいらしてきたらしい。

三日め、授業《じゅぎょう》がおわると、オレたちは、かるく目くばせをしあって教室を出た。

「なあ、オレたち、公園で話したっきり、まだちゃんとしたデートしてなかったよな」

「あれ？　あんた、小学生はデートなんてしちゃいけないとかって、いってなかった？」

「いや、気がかわった。オレ、おまえとならデートしてもいい。ふたりで、思い出になるようなこと、ひとつだけしよう」

「ほんと？」

ルナの顔が、ぱっとかがやいた。

「じゃ、公園にいってサッカーしよう。わたし、もう一度、啓一《けいいち》といっしょにサッカーをやりたかったんだ」

「そりゃいいけど……。でも、ふたりだけでサッカーやっても、おもしろくないだろ」

「そんなことない。ただボールをけってるだけでも、たのしいよ」

「そうか」

そんなわけで――。オレたちは、さっそくボールをとりに家にもどり、いつもオレたちのチームが練習をしている公園にいった。

すると、練習日でもないのに、チームメイトが何人もきていて、自主的《じしゅてき》に練習をしていた。全員レギュラーばかりだ。

(あいつらがうまいのも、あたりまえだな)

オレは、心からそう思った。そして、

「おい、オレたちも負けずにやろうぜ」

と、ルナに声をかけると、すぐさまあいてるスペースに走っていった。

そうして、ふたりで、パスやドリブルの練習をしていると、チームメイトたちがちかづいてきた。

「へえ、あの子、原田《はらだ》よりうまいじゃないか」

「女なのに、すごいな」

オレは、いっしゅんむっとしたけど、すぐにわらいながらうなずいた。

「そう、こいつ、いまはオレよりずっとうまい。でも、そのうち、オレだってかならずうまくなってみせるからな」

「そうだよ、そのとおりだよ」

ルナが、力をこめていった。

「啓一《けいいち》は自信《じしん》がないだけで、ほんとはものすごく才能《さいのう》があるんだ。だから、自信さえもてば、あんたたちなんか目じゃないくらい、うまくなるよ」

「なに？　原田が、ぼくたちよりうまくなるって？」

エースストライカーの達也《たつや》が、あきれたように肩《かた》をすくめた。それから、ふと思いついたようにいった。

「じゃ、ちょっとたしかめてみようぜ。いまから、ぼくとPK戦《ピーケーせん》をしよう」

「ええっ、PK？」

「ああ。五本ずつシュートして、何本きめられるかで勝負するんだ。もし原田《はらだ》に才能《さいのう》があるなら、ぼくに勝てるかもしれないだろ」

「で、でも……」

オレはしりごみをした。数は少ないけど、ゲームの中でゴールをきめたことはある。しかし、PKとなると、やたらきんちょうしちゃって、成功《せいこう》させたことが一度もないのだ。

「だいじょうぶ。おちついてやれば、きめられるよ」

ルナが、はげますように、オレの肩《かた》をぽんとたたいた。

（そうはいってもなあ……）

オレは、おちつくどころか、早くもひざがガクガクしてきた。

そんなオレを見て、達也《たつや》が自信《じしん》たっぷりにいった。

「じゃあ、さいしょはぼくがやる」

そして、PK戦《ピーケーせん》がはじまった。

さすがエースストライカー。達也《たつや》は、五本中五本ともきめた。それも、コーナーばかりをねらったみごとなシュートだ。もちろん、ゴールキーパーの手なんかかすりもしない。

おかげで、オレはますますきんちょうしてきた。

「さ、やれよ。今度はおまえのばんだ」

いどむような達也の声に、うなずくことさえできない。

と――。いきなり、ルナがさけんだ。

「啓一《けいいち》、ワールドカップだよ！　日本代表だよ！」

ハッとしてふりかえると、ルナが、ニコニコしながらV《ブイ》サインをおくっていた。

とたんに、からだのこわばりがとけ、ちょっぴり自信《じしん》がわいてきた。そうだ。

オレは将来《しょうらい》日本代表にえらばれ、ワールドカップに出場するんだ。

オレは、キッとゴールキーパーをにらみつけると、ゆっくりとボールを足もとにおいた。そして、ひとつ深呼吸《しんこきゅう》してから、かるく助走をつけ、いきおいよくボールをけった。

「ゴール！」

ルナがとびあがって、手をたたいた。

だが、それさえも気にせず、オレは、つぎのシュートの用意をした。そして、ふたたびズバーンとボールをけった。ボールは、みごとにゴールネットにつきささった。

それから、オレはなにも考えず、ボールだけを見て、たてつづけにシュートをはなった。そして、つづけざまにゴールをきめた。

「信《しん》じらんない」

「まぐれだよ、きっと」

達也《たつや》たちが、ぽかんと口をあけて、オレを見つめた。

正直いって、オレも信《しん》じられなかった。まさか、五本ともゴールをきめるなんて……。

でも、すこしたつと、だんだんよろこびがわいてきた。

「やればできる」

というルナのことばを思い出して、自信が確信《かくしん》にかわってもきた。

うん。サッカーだけじゃなく、勉強だってなんだって、やればできるようになる。きっとなるんだ！


帰り道、オレはちょっぴりこうふんしながら、ルナにいった。

「おうえんしてくれて、ありがとな。オレ、すこしだけ自信がついたよ」

「そうか。そりゃよかった」

ルナは、うれしそうにうなずいた。が、そのあと、ふーっとため息をついて、

「きょうはたのしかったな。いつまでも、こんな日がつづくといいのに」

そのことばに、オレはむねがズキンとした。

そう、いつかはルナも未来《みらい》に帰っていく。そしたら、オレは、たったひとりのサポーターをうしなうことになる。

「なあ、ルナ。おまえ、どうしても未来に帰らなくちゃならないのか。このまま、この時代にのこるわけにはいかないのか」

「ざんねんだけど」

オレのことばに、ルナは、きっぱりと首をふった。

「わたしは、この時代の人間じゃない。家族や友だちがまってるし、それに、レポートをしあげるためにも、未来にもどらなくちゃならないんだ」

「そうか……。せっかく、おまえとなかよくなれて、やる気も出てきたのにな。ドハデないたずらをして、おまえをおどろかすこともできなくなるのか」

「わたしだって！」

ルナが、なきそうな声でいった。

「わたしだって帰りたくないよ。バカ、死にてえのかって、わたしをどなりつけた啓一《けいいち》の声。あの声がきけなくなるかと思うと、むねがつぶれそうになるんだ」

「バカ、そんなこというなよな」

オレは、がらにもなく涙《なみだ》ぐみそうになった。

「さ、そろそろ帰ろう。もう夕方だよ」

ルナが、なにげなくいった。

「うん。また来週な」

オレも、目じりにたまった涙をぬぐいながら、あっさりとうなずいた。


土曜、日曜と二日つづけて雨がふった。

ふだんは土曜、日曜とつづけてサッカーの練習があるんだけど、練習は二日とも中止になってしまった。

いつもなら、雨の休日は、思いっきりマンガをよんだり、ゲームをしたり、俊《しゅん》の家にあそびにいったりする。

だが、オレはマンガをよむ気にも、ゲームをする気にもならなかった。

いっそルナの家にいってみようかとも思ったけど、いざとなると足がすくんだ。だって、タイムマシンを見たら、ぶっこわしてしまいそうでこわかったんだ。だから、

「早く月曜日にならないかなあ」

なんて、いつもとは正反対のことを考えては、やたらため息ばかりついていた。

そして、長い二日間がすぎ、やっと月曜日になった。雨もあがり、空はカラリと晴れあがっていた。

オレは、朝ご飯《はん》をたべるのももどかしく、学校にとんでいった。

ところが、いつまでたっても、ルナはあらわれなかった。

「どうしたんだろう。かぜでもひいたのかな」

オレは、だんだんしんぱいになってきた。

そして、始業のベルがなり、ミカリンが教室に入ってきてもなお、ルナがあらわれなかったとき。オレは、ふとあることに思いあたって、心臓《しんぞう》がとまりそうになった。

（もしかして、もしかして……）

その予感は、不幸《ふこう》にも的中《てきちゅう》した。ミカリンが、こういったんだ。

「みんなに、ざんねんなお知らせがあるの。佐々岡月子《ささおかつきこ》さんが、お父さんのお仕事のつごうで、ニューヨークの学校に転校したの。きゅうな出発だったので、みんなにはあいさつができなかったけど、くれぐれもよろしくとのことだったわ」

オレは、ガーンと頭をなぐられたような気がした。

（ひでえ、ひでえや。金曜日には、なんにもいってなかったくせに。とつぜんいなくなるなんて、あんまりだよ！）

みんなも、ショックだったのか、

「ルナちゃん、いっちゃったの」

「かわった子だったけど、さびしくなるよな」

なんて、がっかりしたようにつぶやいていた。

だが、オレは、がっかりしたなんてなまやさしいもんじゃなかった。

はりつめていた糸が、きゅうにだらーんとゆるんじまったというか、目のまえがまっくらになっちまったというか……。とにかく、へろへろにおちこんでしまったんだ。

そうして、おちこんだまま、帰り道『おばけやしき』にいってみると、つくえやベッドはのこってたものの、タイムマシンらしきものはなく、もちろんルナのすがたもなかった。

オレはますますおちこみ、その夜は、月を見あげて、ただぼうっとするばかりだった。

そのよく日もまたつぎの日も、オレは、まるでうわの空ですごした。俊《しゅん》がしんぱいして、

「おい、だいじょうぶか」

と、何度か声をかけてくれたけど、

「ああ、なんともないよ」

とこたえるのがせいいっぱい。

まるまる一週間、オレは、気のぬけたような日びをすごしていた。

12★月からのラブレター

しかし、だ。おちこんでたオレも、じきに立ちなおるときがきた。

なによりも、ルナがのこしていってくれたはげましのことば。それがオレを立ちなおらせてくれたんだ。

そう、オレは、オチコボレのダメ小学生なんかじゃない。いまはそうかもしれないけど、そのうちきっと実力を出せるようになる。

でもって、大学生になったら、サッカーのワールドカップで、日本代表として大かつやくするんだ。それに、その何十年後かには、月コロニーを設計《せっけい》する

ような大建築家《だいけんちくか》になってるんだ。

そのことをおしえてくれたルナのためにも、オレはがんばらなくちゃならない。

「よし。もう、いたずらなんか考えてるひまはないぞ。うんと勉強して、ミカリンをびっくりさせてやる」

ところが――。すぐに結果《けっか》が出るほど、世の中はあまくなかった。

いくらがんばって勉強しても、なかなか成績《せいせき》はあがらないし、サッカーも、ぜんぜんうまくならないんだ。

だが、オレはめげなかった。もちろん、うんざりして「もーやーめたっ」て気分になったことは、何度もある。けど、すぐに気をとりなおして、一歩でもまえにすすもうって思ったんだ。

「あーあ、道は長いなあ……」

オレは、ため息をつきながらも、ひたすらあかるい将来《しょうらい》のことばかり考えていた。

そんなある満月《まんげつ》の夜のことだ。

塾《じゅく》から帰ると、つくえの上に手紙がのっていた。

三日月《みかづき》もようがプリントされたふうとうに、きれいな字で、オレの住所と名まえがかいてある。

「だれからだろう」

うらがえすと、月という字に丸がかこんであるだけ。差出人《さしだしにん》の名まえがかかれていない。

「なに、月？　……あ、そうか」

オレはすぐに気がついた。それが、ルナからの手紙だってことに。

でも、あいつは、とっくに未来《みらい》に帰っちまったはずだ。それが、どうして…

…？

ドキドキしながらあけてみると、手紙には、こんなことがかいてあった。

『啓一《けいいち》くんへ。

とつぜんの手紙、さぞおどろいていることでしょうね。

いまわたしは、百年後の世界にいます。毎日、元気で、月コロニーの大学にかよっています。

さよならもいわずに帰ってきちゃって、ほんとにごめんね。でも、啓一くんの顔を見るとないちゃいそうなので、会わずに帰ることにしたのです。

けど、命の恩人《おんじん》でもある啓一くんに会えて、わたし、ほんとにうれしかった。

啓一くんとすごした日びのこと、わたし、一生《いっしょう》わすれません。

ただ、ひとつだけ、あやまらなくてはならないことがあります。

わたし、啓一くんがワールドカップで大かつやくする、そして、月コロニーを設計《せっけい》する大建築家《だいけんちくか》になるっていいましたね。じつは、あれはうそなのです。

啓一《けいいち》くん、さぞがっかりしているでしょうね。それに、ものすごくおこってるでしょうね。ほんとにごめんなさい。

でも、わたし、なんとかして啓一くんをはげましたかったのです。ダメ小学生と思いこんでる啓一くんに、自信《じしん》をもってもらいたかったのです。

だって、啓一くんは、サッカーや建築《けんちく》ではないけど、かならずほかの分野で、たくさんの人たちにみとめられる人になるのですから。

だから、なんでもいいから、自信をもって好《す》きなことにうちこんでください。

そして、自分のほんとうの夢《ゆめ》を見つけてください。

啓一くんには無限《むげん》の可能性《かのうせい》があり、それを実現《じつげん》させる無限の力があるのです。

どうか、そのことだけは信じてください。

いつか、わたし、啓一くんに、どうせならスケールの大きいいたずらをやれっていいましたよね。つまり、これは、わたしなりのチョービッグないたずらなのです。

そう思って、どうかゆるしてね！』

アチャー。オレは、思わず天をあおいだ。

ワールドカップのことも、月コロニーのことも、うそだったなんて……。よくもだましてくれたな！

このぶんじゃ、未来《みらい》からタイムトラベルしてきたってこと自体、ホラ話かもしれないぞ。ほんとは、いまごろニューヨークにいて、ゲラゲラわらってたりしてさ。

そう思うと、オレは、腹《はら》が立ってたまらなかった。

だが——。しばらくすると、だんだん気持ちがおちついてきた。そして、なにがたいせつかってことがわかってきた。

そう、ルナがどこからやってきたかなんて、そんなことはどうでもいい。かがやかしいと思ってたオレの将来《しょうらい》が、じつはそうじゃないとわかって、がっかりする必要《ひつよう》もない。

ルナのいうとおり、オレには無限《むげん》の可能性《かのうせい》があるんだから、自分の力で人生をかがやかしいものにすればいいんだ。

だから、もしほんとにサッカー選手《せんしゅ》になりたいのなら、これまでどおりがんばればいいし、建築家《けんちくか》になりたいと思えば、いっしょうけんめい勉強すればいい。

もちろん、べつな夢《ゆめ》を見つけて、思いっきりチャレンジすることだってできる。

それよりも、うそをついてまでも、オレをはげまし、勇気《ゆうき》づけてくれたルナにかんしゃしなくちゃ。もしルナのはげましがなかったら、オレは、一生《いっしょう》やる気のないグータラなやつでおわってたかもしれないんだから。

「ルナ、オレもおまえに会えてよかったよ。月を見たら、おまえのこと思い出すよ」

しんみりと、そうつぶやいたときだ。

ふうとうに自由の女神《めがみ》の切手がはってあって、ニューヨークの消印《けしいん》がおされていることに気づいて、オレはギクリとした。

よく見ると、消印の日づけは一週間まえになっている。

「なーんだ、やっぱり！」

とたんに、どっとわらいがこみあげてきた。

そう、やっぱり、なにもかもうそっぱちだったんだ。

百年後ではなく、あいつはいま、ニューヨークにいる。そして、月ではなく、オレとおなじ地球の空気をすってる。

「だったら、そのほうがずっといいよ。おまえが日本に帰ってくるか、オレがニューヨークにいくか、どっちにしても、かならずまた会えるんだからな！」

オレははればれとした気分で、三日月《みかづき》もようのふうとうを、つくえのひきだしにしまいこんだ。

それから何日かたったある夜——。

オレはふと思いたって、ルナが住んでたあのおばけやしきにいってみた。

なぜ、ルナがたったひとりであんなところに住んでいたのか、どうしてもなっとくできなかったんだ。

「うーむ。小学生が、むだんで入りこめるとも思えないしな……」

満月《まんげつ》を見あげながら、首をかしげたときだ。

「あら、なにか用なの?」

となりの家から、オカーチャンぐらいの年のおばさんが出てきた。ゴミのつまった、大きなポリ袋《ぶくろ》をもっている。

「あの、ここ、たしかあき家ですよね。女の子……、いえ、だれか住んでたなんてこと、ありませんよね」

しどろもどろにそうきくと、

「ええ、あき家よ。でも、ちょっとまえ、月子《つきこ》ちゃんという小学生の女の子が、ねとまりしてたわ。ご飯《はん》やおふろなんかは、うちでお世話してたけど」

おばさんは、そうこたえてニッコリわらった。

「あなた、月子ちゃんのお友だち？」

「ええ、まあ……」

「もともと、ここは月子ちゃんのおばあちゃんの家なのよ。四年まえにおばあちゃんがなくなってすぐ、月子ちゃんの家族はニューヨークにいってしまったけど」

なんだ、そういうことだったのか……。

オレはひょうしぬけして、肩《かた》をすくめた。

「それにしても、月子ちゃんはえらいわ。お父さんは仕事がいそがしいし、お母さんも病気がちで、なかなか日本に帰ってこられないの。でも、月子ちゃんだけは、きちんとおばあちゃんのお墓《はか》まいりに帰ってくるんですもの」

「お墓《はか》まいり？」

「ええ、去年《きょねん》も帰ってきたのよ。やっとひとりで飛行機《ひこうき》にのれるようになったからって」

「去年も……」

オレは、ごくりとつばをのんだ。

ああ、そのときなんだな。車にひかれそうになったのを、オレがたすけてやったのは。

そして、そのときから、あいつは、オレをだます作戦をねりはじめたってわけだ。オレのこと、いろいろしらべあげて。

「とにかく、月子《つきこ》ちゃんはとてもいい子よ。来年、お墓まいりに帰ってきたら、また会えると思うと、とてもたのしみ」

「オレ……、いえ、ぼくもたのしみです」

オレはそう返事して、おばさんとわかれた。

ほんと、ルナはすごいやつだ。ただオレをはげますだけのために、あんな手のこんだシナリオをつくって、そのとおりに演技《えんぎ》してみせるなんて。

よし、ルナ。来年も、かならず墓《はか》まいりに帰ってこいよ。そしたら、今度こそ、リベンジしてやるからな。想像《そうぞう》もつかないような、チョービッグないたずらをしかけて、おまえをギャフンといわせてやる！

うん、時間はたっぷりある。ここはひとつ、じっくり考えようぜ。

オレは、がぜんはりきりだした。

早川真知子（はやかわ・まちこ）
福島県に生まれる。上智大学新聞学科卒業。雑誌編集者を経て、子どもの本を書きはじめる。主な作品に「パーティーだいすき」シリーズ（文溪堂）「まじょっ子マージは一年生」シリーズ（あかね書房）『アップルパイのなぞを追え！』（国土社）『おれたちはステップブラザー』（大日本図書）『レッツ・ゴー多摩川フレンズ』『イルカパワーできみは生きてる！』（文研出版）などがある。

風川恭子（かぜかわ・きょうこ）
広島県三次市に生まれる。京都芸術短期大学卒業。作品に『ぼくのあにきタケちゃん』『まってましたタケちゃん』『自転車でいこう！』『ブルートレインでいこう！』『車いすからこんにちは』『ともだちともだち一ねんせい』（以上あかね書房）『イガイガサボテンへのかっぱ』（国土社）『おれたちはステップブラザー』（大日本図書）『わたしのママは大学生』（小峰書店）など多数ある。

装幀　木下容美子

おはなしプレゼント
月からきたラブレター

2002年11月30日　第１刷発行

作　者・**早川真知子**
画　家・**風川恭子**
発行者・**小峰紀雄**
発行所・株式会社**小峰書店**　　東京都新宿区市谷台町4-15
電　話・03－3357－3521　　FAX・03－3357－1027
印　刷・㈱厚徳社　製本・小高製本工業㈱

 ISBN4-338-17013-1
NDC913 175p 22cm

http://www.komineshoten.co.jp/